학산문화사

귀멸의 칼날
바람의 이정표

고토게 코요하루
야지마 아야

쿠메노 마사치카

바람의 호흡을 쓰는 대원.
사네미에게 육성자를 소개했다.

시나즈가와 사네미

귀살대의 '풍주(風柱)'.
동생 겐야에게 까칠한 태도를 취한다.

하가네즈카 호타루

탄지로의 칼을 담당하고 있는
도공. 장인 기질이 강해
칼을 아끼지 않으면 성낸다.

츠유리 카나오

충주(蟲柱)·코쵸우 시노부의
'츠구코'. 과묵하고 매사에 자기
혼자선 결단을 잘 내리지 못한다.

코테츠

도공 마을의 소년. 조상이 만든
요리이치 영식(綠壹零式)으로
탄지로의 수련을 돕는다.

토키토 무이치로

귀살대의 '하주(霞柱)'.
'시작의 호흡'인 해의
호흡 사용자의 자손.

인물 소개

카마도 네즈코

탄지로의 누이동생. 도깨비에게
공격당해 도깨비가 되지만
다른 도깨비들과 달리 인간인
탄지로를 보호하듯이 움직인다.

카마도 탄지로

누이동생을 구하고 가족의 복수를
목표로 삼은 마음씨 착한 소년.
도깨비나 상대방의 급소 등을
'냄새'로 알아낼 수 있다.

하시비라 이노스케

탄지로의 동기.
멧돼지 가죽을 뒤집어쓰고 다니고,
매우 호전적.

아가츠마 젠이츠

탄지로의 동기.
평소엔 겁이 많지만
잠들면 본래의 힘을 발휘한다.

바람의 이정표

제 1 화
바람의 이정표

"이봐, 괜찮아? 도깨비의 목을 베었으니까 이제 안심해도
돼. 아아, 왼팔의 출혈이 심하네. 일단 이걸로 상처 부위를 덮
고 꾹 눌러."

소년은 그렇게 말하더니 칼을 쥐지 않은 다른 손으로 깨끗
한 천을 던져 줬다.

자신보다 한두 살쯤 위로 보이는 그 소년은 서양식 군복 같
은 검은 옷차림이었다. 왼쪽 눈 아래로 오래된 흉터가 매우 깊
이 새겨져 있었다.

"...목을 베면 도깨비는 죽는 건가?"

"그런 것도 모르면서 도깨비를 사냥하고 다녔어? 지금까지
용케 목숨을 부지했구나."

소년은 어이없다는 투로 말하고는 도깨비의 피로 젖은 칼날
을 종이로 닦아 칼집에 넣은 다음, 사네미 옆에 털썩 주저앉았
다.

"피가 멎을 기미가 안 보이네. 하는 수 없지, 붕대로 세게 감

아야겠다. 나중에 제대로 된 치료를 받도록 해."

그 말을 마치고 품에서 붕대를 꺼냈다. 팔을 내밀어 보라고 한 그는 상처 부위를 꾹 누르던 천 위로 붕대를 둘러서 요령 좋게 고정하면서,

"너지?"

라고 물었다.

"대원도 아니면서 무식한 방식으로 도깨비를 사냥한다는 녀석이 말이야. 왜 그런 짓을 해?"

소년이 사네미의 두 눈을 똑바로 응시했다.

아플 정도로 올곧은 눈빛이었다.

사네미는 소년에게서 시선을 피하고는 툭 내뱉었다.

"…추악한 도깨비들은 내가 섬멸해 버릴 거야."

"아, 그래?"

소년은 사네미의 어두운 증오심을 가볍게 흘려들은 뒤,

"하지만 계속 그러다간 언젠가 죽는다?"

천진한 목소리로 말했다.

"그런 방식으로 싸워서는 도깨비를 섬멸할 수 없어."

"아앙?"

사네미가 소년을 쏘아봤다.

그러자 소년은 그 자리에서 일어나 오른손을 사네미에게 내밀었다.

"내가 너에게 '육성자'를 소개할게. 도깨비를 몰살시키고 싶다면 강해지도록 해."

소년의 미소는 한없이 밝아서 사네미는 저도 모르게 일순 경계심을 풀었다.

그것이 시나즈가와 사네미와 귀살대 대원 쿠메노 마사치카의 첫 만남이었다.

"사네미! 너 또 부상당했어?"
"…시끄러워."

집 앞에 떡 버티고 서서 사네미가 임무를 마치고 돌아오기를 기다리던 마사치카는 어깨의 상처를 보자마자 충격받은 표정을 지었다가 곧바로 두 눈을 치켜떴다. 사네미는 불쾌함을 감추려는 기색도 없이,

"네가 여긴 웬일이야?"

"나도 임무를 끝내고 돌아왔어. 꺾쇠 까마귀 말이 너도 그렇다기에 같이 밥이라도 먹을까 했더니만, 또 희혈을 미끼로 써서 싸웠구나? 자기 몸을 베는 짓은 하지 말라고 전에도 말했는데."

"너랑은 상관없잖아."

사네미가 귀찮다는 듯이 앞머리를 쓸어 올리면서 혀를 찼다. 한시라도 빨리 잠들고 싶건만 잔소리꾼과 마주치고 말았다며 진심으로 진저리를 쳤다.

'매번 잔뜩 벼르고 기다리는 것 같다니까…. 대체 왜 이러는 거야, 이 자식은.'

무시하고 집으로 들어가려는 사네미의 팔을 마사치카가 재빨리 붙잡았다.

"나비 저택으로 가자."

"뭐?"

"제대로 된 치료를 받아. 그 김에 코쵸우 씨한테 혼도 좀 나

고."

"! 농담 집어치워!"

사네미가 지근거리에서 마사치카를 노려봤다. 은(隱)과 동료는 물론이고 선배 대원들조차 벌벌 떠는 무서운 인상도 이 남자에게는 전혀 효과가 없었다.

"농담이 아냐. 난 매우 진지해."

"말했잖아, 너랑은 상관없다고! 쿠메노!"

"상관이 없기는. 난 사네미 너의 사형이야. 너에게 소개한 사람은 내 스승님이니까."

"남의 이름 함부로 부르지 마. 사네미, 사네미, 아주 거슬려 죽겠어!"

"그럼, 너도 날 쿠메노가 아니라 이름으로 불러. 그럼 평등하잖아? 마, 사, 치, 카. 자, 따라 해 봐."

"그런 얘기가 아니라고!!"

짜증이 치민 사네미가 거칠게 팔을 뿌리치려 했지만, 마사치카는 자라처럼 단단히 매달려서 떨어지질 않았다.

마지막에는 주먹다짐까지 벌어졌으나 빈혈 상태였던 사네미는 도중에 정신을 잃었고, 눈을 떴을 때는 나비 저택의 침대 위였다….

"또 자기 손으로 몸에 상처를 냈구나?"

"신경 꺼."

진찰실에서 마주한 코쿄우 카나에는 난처한 표정으로 눈썹을 축 늘어뜨렸다.

"지난번 임무에서 생긴 상처도 아직 낫지 않았는데 붕대를 다 풀어 버렸네. 이러면 상처 부위가 곪잖니. 얼굴도 윤곽이 달라질 정도로 퉁퉁 부었고."

그렇게 말하며 상처 자리를 닦기 위한 소독약을 준비하는 카나에에게서 사네미는 시선을 획 돌렸다.

"얼굴은 도깨비 때문이 아냐."

망할 쿠메노 자식에게 맞았다고 말하자 카나에가 한숨을 쉬었다.

"쿠메노에게 너무 걱정 끼치지 마."

"뭐? 그 자식이 멋대로 걱정하는 거잖아. 애초에 그 자식은 대체 뭐가 문제야?"

사네미의 언성이 점점 높아졌다.

상처를 내지 말라느니, 자기 몸을 해치는 방식으로 싸우지 말라느니, 밥은 잘 챙겨 먹으며 동료들과 친하게 지내는지, 목욕은 제때 하는지, 남을 노려보는 듯한 표정은 짓지 말라는 등, 틈만 나면 자기 주변을 맴도는 그 잔소리꾼이 진심으로 성가셨다.

"사형인지 뭔지 모르겠지만, 짜증 난다고."

사네미가 씩씩거리면서 혀를 차자, 카나에가 사네미의 두 손을 꼭 잡았다.

"그렇게 툴툴거리지 말고 사이좋게 지내자, 응?"

"…윽."

카나에가 코앞에서 싱긋 미소 짓는 통에 독기가 빠져 버린 사네미는 그녀에게 대들기를 관뒀다. 고개를 획 돌리고 있자 카나에가 솜씨 좋게 상처를 치료했다.

다정한 손길이었다.

상처 자리가 조금이라도 쓰라리지 않게끔, 아프지 않게끔 조심하는 그녀의 배려가 절실히 전달됐다.

'따뜻하다….'

돌아가신 엄마 손도 이렇게 따뜻하고 다정했다. 사네미가

멍하니 그런 생각에 잠겨 있을 때,

"…쿠메노는 시나즈가와가 걱정돼서 그래."

카나에가 소독을 마친 상처 부위를 가느다란 바늘로 꿰매면서 속삭이듯이 말했다.

"네가 워낙 착하니까."

"뭐?!"

순식간에 현실로 끌려왔다. 사네미는 카나에의 말을 웃어넘겼다.

"내가 어딜 봐서 착하다는 거야? 난 착한 놈이 아냐. 쿠메노 자식이 답이 안 나올 정도로 사람 좋고 얼빠진 바보일 뿐이지."

냉랭한 말투로 그렇게 말하자 카나에는 어깨를 살짝 으쓱였다.

뭔가 말하고 싶은 눈빛으로 사네미를 바라봤지만, 결국 아무 말도 하지 않았다. 봉합을 마친 상처 자리에 거즈를 대고 꼼꼼하게 붕대를 감았다.

깔끔하게 정돈된 진찰실은 알싸한 소독약 냄새에 섞여서 희미한 등꽃 향기가 났다.

진찰실을 나서자 복도에서 마사치카가 다른 대원 한 명과 이야기를 나누고 있었다.

'이 자식… 날 기다린 건가.'

너무 끈질겨서 현기증이 다 났다. 사네미는 어떡하면 이 남자에게 자신이 성가셔한다는 걸 이해시킬지를 반쯤 진심으로 고민했다.

마사치카와 대화 중인 사람은 아담한 체격의 여자 대원이었다. 단정한 이목구비와 나비 모양 머리 장식을 보고 카나에의 여동생인 코쵸우 시노부임을 알았다.

자매가 함께 도깨비 사냥을 하는 건 귀살대 안에서도 드문 경우다.

눈앞에서 부모님을 도깨비 손에 잃은 그녀들을 암주가 구출했고, 이후 나란히 귀살대에 들어왔다고 들었지만, 사네미는 카나에의 속을 알 수 없었다.

카나에에게 어떤 마음이 있었든 간에 동생을 자신과 같은 도깨비 사냥꾼으로 만든 일은 사네미로서는 도저히 이해가 가지 않았다.

만약 자신의 남동생인 겐야가 귀살대에 들어오겠다는 말을 꺼낸다면, 사네미는 절대로 허락하지 않을 것이다.

무슨 짓을 해서든 막으리라.

반쯤 죽여 놓는 한이 있더라도.

피로 물든 길을 걷는 사람은 자신 한 명으로 충분하다.

"…그래서 말이야, 암주님의 퉁소 소리가 하도 시끄러워서 급기야는 이웃에 사는 할머니한테 빗자루로 얻어맞으면서 온 마을을 도망쳐 다니셨대."

"풉… 윽!"

마사치카의 이야기를 들은 시노부는 무심코 웃음을 터트릴 뻔했다가 황급히 점잔을 빼는 표정을 지었다. 에헴 하고 헛기침을 한 다음,

"…히메지마 씨에게 그런 취미가 있었군요."

"의외지? 맞다! 그 사람, 그래 봬도 고양이 좋아하기로는 비길 데가 없어. 근방에 사는 고양이들이 암주님 얼굴을 보면 일제히…."

'뭔 얘기야?'

아무리 사네미라도 임무 외 시간까지 긴장된 대화를 나누라고는 안 하겠지만, 이건 지나치게 실없는 내용이었다.

사네미가 짜증을 내고 있으니,

"오, 사네미. 치료는 다 끝났어?"

그를 발견한 마사치카가 한쪽 팔을 들었다. 그 모습을 본 시노부가,

"그럼, 저는 언니에게 할 이야기가 있어서 이만 가 볼게요."

그렇게 말하고는 가볍게 인사하면서 사네미 옆을 지나 진찰실로 들어갔다.

마사치카가 실실 놀리는 얼굴로 다가왔다.

"모두에게 걱정 끼치니까 다치지 마. 알았어? 얼레? 너, 얼굴이 새빨개. 괜찮아?"

"시끄러워."

노골적으로 히죽거리는 마사치카의 어깨를 자신의 어깨로 밀치고 그 자리를 떠나려 했다. 마사치카는 기분 나빠하는 기색도 없이 "야~ 잠깐만~"이라며 뒤쫓아 왔다.

그 태평한 모습에 더욱 부아가 치밀었다.

"아까 시노부랑 암주님에 대해 얘기했는데, 주들은 역시 대단하더라. 강하고, 믿음직하고."

마사치카가 사네미의 뒤를 바짝 따라오면서 감개무량한 말투로 "정말 멋있지~"라고 말을 이었다.

공교롭게도 사네미가 들은 내용은 퉁소 불기가 취미에 고양

이 애호가라는 것뿐이라,

'어딜 봐서?'

라고 속으로 콧방귀를 뀌었다.

"나도 언젠가는 주가 되고 싶다. 사네미 너도 그렇지?"

응? 안 그래?라며 끈질기게 달라붙는 마사치카를 무시로 일관하자,

"그럼, 누가 먼저 주가 되는지 붙어 보자."

사네미가 동의라도 한 듯이 멋대로 이야기를 진행하더니,

"으~음, 어디 보자~ 먼저 주가 된 사람에게 밥을 사는 건 어때? 소바 같은 것으로는 의욕이 안 나니까 소고기 전골이 좋겠어. 흐물흐물하게 익어서 국물이 쏙쏙 스민 두부를 소고기랑 같이 먹으면 진짜 맛있다니까~"

황홀한 표정으로 한숨을 내쉬었다.

마침내 인내심에 한계가 온 사네미가 "관심 없어."라고 퉁명스럽게 내뱉었다.

마사치카가 어리둥절한 표정을 지었다. 그 얼굴이 또 성질을 돋웠다.

'쳇… 언제 봐도 어이없는 놈이야.'

왜 이런 남자가 목숨을 걸고 도깨비 사냥을 하는 걸까.

이 남자의 가슴속에는 진정으로 도깨비를 증오하는 마음 따위 있지도 않을 텐데. 그런 생각이 들자 더욱 짜증이 솟구쳤다.

"어째서? 주가 되고 싶지 않아? 주가 되면 어마어마하게 인기를 끌걸? 분명히."

"더 흥미 없어."

"너, 여자들한테 인기 끌고 싶지 않아? 머리 괜찮냐?"

"시끄러워."

너무 성가시게 구는 통에 걸음을 멈추고 뒤돌아봤다. 이 남자의 모든 것이 거슬려서 견딜 수 없었다.

"도대체가 네놈은 아까부터 뭐 하자는 거야?"

쏘아보자 마사치카도 멈춰 섰다. 어째선지 연민 가득한 눈빛으로 사네미를 바라보더니,

"잘 들어, 사네미. 희망을 버리거나 자포자기해선 안 된다? 설령 지금은 인기가 없더라도 언젠가 틀림없이 네 장점을 알아봐 줄 멋진 여성이 나타날 거야. 쉽게 포기하지 마, 알겠지?"

"아앙?"

"힘내라."

의기양양한 얼굴로 어깨를 두드리는 그를 보자 하도 열 받아서 폭발하는 줄 알았다.

양 어깨에 놓인 마사치카의 손을 사네미가 거칠게 뿌리쳤다.

"이런 일을 하면서 사는구만 여자는 무슨."

"아니, 인생을 즐기는 건 중요한 일이야."

마사치카가 고개를 저었다.

"물론 우리 귀살대원 곁에는 언제나 죽음이 따라다녀. 하지만 연인이 있는 대원도 많고, 기혼자도 아예 없지는 않아. 음주님만 해도 미인 아내가 셋이나 있다고. 들었어? 셋이야. 솔직히 셋은 너무 많지 않냐? 난 한 명이면 돼. 한 명이라도 좋으니까 진심으로 사랑하는 사람과…."

"…나는 도깨비를 한 마리라도 더 많이 죽일 뿐이야."

사네미가 냉랭하게 말했다.

"즐기기 위한 인생 따윈 없어."

도깨비로 변한 모친을 이 손으로 죽인 순간부터 인간다운 인생은 일찌감치 포기했다.

이런 나를 살게 하는 것은 도깨비를 향한 끝없는 증오… 원한이다.

그래도 아직 꿈이 있다면, 그건 다른 무엇도 아닌 홀로 남은 남동생이었다.

겐야가 좋아하는 여자와 가약을 맺고 아이를 많이 낳아서

웃으며 살아가는 것.

그 행복을 지키기 위해서라면 자신은 무슨 짓이든 할 작정이다.

동생의 행복을 위협하는 도깨비를 한 마리라도 많이 처단할 것이다.

설령 이 몸이 목만 남게 되더라도, 그 목으로 도깨비의 숨통을 물어뜯어 주리라.

그것 말고는 필요 없다.

"알았으면 얼른 꺼져. 더는 내 일에 참견하지 마."

"……."

마사치카는 가만히 한 점을 응시하면서 침묵했지만,

"…그래?"

라고 말했다.

"알았어."

온순한 말투였다.

드디어 알아들었느냐며 사네미가 코웃음을 쳤다.

그러나 마사치카의 손이 이번에는 사네미의 손목을 단단히 붙잡았다.

"뭐야, 이 손은…."

"팥떡 먹으러 가자."

"하아?!"

"돈은 내가 낼 테니까, 마음껏 팥떡을 먹어. 산더미만큼 먹어. 그럼 행복해지잖아? 그렇지?"

"내 말을 하나도 못 알아먹었잖아!! 이 망할 자식아아아!"

"좋아. 녹차도 같이 시켜 줄게."

"녹차는 또 왜 나와? 애초에 왜 느닷없이 팥떡 타령인데?!"

"전에 우연히 네가 팥떡 먹는 모습을 봤거든. 좋아하는 간식이지? 웬일로 표정이 평온하길래 좋아하는구나 싶었어."

"몰래 훔쳐보지 마! 네놈은 하는 짓이 하나하나 소름 끼친다고!!"

괴력을 자랑하는 사형의 손에 질질 끌려가면서 사네미가 마사치카의 뒤통수에 대고 욕설을 퍼부었다.

그러자,

"…응, 알아."

마사치카가 중얼거렸다.

그것은 놀라울 정도로 부드러운 목소리였다.

몹시 섬세하고 가냘프게 들리기까지 하는 그 목소리는 이 남자에게 도무지 어울리지 않는 터라 사네미는 저도 모르게 저항을 멈췄다.

마사치카도 사네미의 손목을 놓고 멈춰 섰다.

"네가 받은 상처는 그만큼 깊구나."

그래도, 라며 여전히 앞만 바라보는 사형이 말을 이었다.

'멸(滅)' 자가 새겨진 등이 미약하게 떨렸다.

"나는 네가 자신의 인생을 포기하지 않았으면 좋겠어."

"……."

뒤돌아본 마사치카의 얼굴은 웃고 있었다.

웃는데도 어째선지 눈앞의 남자가 울고 있는 것처럼 느껴졌다.

"새로운 지령이 내려왔어, 사네미. 놀랍게도 공동 임무야."

"우리 둘이? 별일이 다 있네."

"맞아. 계급이 오르면 후배들도 돌봐야 해서 함께 싸울 기회가 점점 줄어들지."

귀살대가 대원들의 수련용으로 빌린 도장에서 오랜만에 마주한 마사치카는 여전히 밝게 웃고 있었다.

　첫 만남 이후로 세월은 흘러서 현재 계급은 두 사람 모두 '갑(甲)'.

　사네미는 여러모로 잔소리가 심한 참견쟁이 사형을 '쿠메노'가 아닌 '마사치카'라고 부르게 됐다. 특별히 의식한 건 아니었지만, 마사치카는 처음으로 사네미에게 이름으로 불렸을 때 너무 깜짝 놀란 나머지 수련용 목검을 떨어트렸다. 그리고 기쁘게 웃었다.

　이렇게 도장 한가운데에서 서로를 마주 보며 양반다리를 하고 앉아 있으니, 그 무렵으로 돌아간 기분이 들었다.

　나무판자를 깐 바닥에 땀이 스며든 도장 특유의 냄새가 반가웠다.

　"상당히 까다로운 임무인가 봐."

　"핫! 그래서 우리 둘한테 맡겼겠지."

　사네미가 콧방귀를 뀌었다.

"그래서? 어떤 지령이지?"

"여기서 제법 멀리 떨어진 곳에 있는 마을인데…."

그 마을 변두리에는 아무도 살지 않게 된 저택이 있는데, 그 부근에서 사람들이 사라졌다고 한다.

"사라진 사람들 간에 공통점은 있어?"

사네미가 턱을 괴면서 물었다.

"실종자는 반드시 아이들이야."

마사치카의 대답을 듣자 어린 동생들의 모습이 사네미의 머릿속을 스쳤다가 금세 사라졌다.

시선을 들자 마사치카가 걱정스러운 눈으로 자신을 바라보고 있었다. 그 눈빛이 사네미에게 괜찮으냐며 질문을 던졌다.

이 친구에게만은 모친과 동생들 일을 털어놨다.

사네미는 일부러 아무런 내색도 하지 않고 이야기를 진행했다.

"남녀 구별은?"

"없어."

그때, 마사치카의 목소리가 경직됐다.

"실은 우리에게 지령이 내려오기 전에 대원 몇 명이 이 임무를 수행하러 갔어. 그중 셋만 남기고 모두 사라졌고."

"생사도 불명이라는 거로군."

"어."

"그래서? 사라지지 않은 셋은 어떻게 됐는데? 죽었대?"

"아니, 그 셋은 평범하게 돌아왔어."

"뭐?"

"그들은 그 저택에 아무도 없었다고 주장해. 도깨비는커녕 사라진 아이들과 대원도 그 저택에는 없었다고."

"그건 또 무슨 영문이래?"

여우에 홀린 듯한 이야기에 사네미가 색소가 옅은 머리를 벅벅 긁었다.

"사라진 대원과 그 녀석들의 차이는? 뭔가 눈에 띄는 점은 없어?"

"유감이지만 현재로서는 아무것도 밝혀진 게 없어. 이제 우리까지 실패하면 주들이 움직이게 되겠지."

"야아~ 일이 아주 심각하네."

사네미가 야유하듯이 말했다. 글자 그대로 귀살대를 떠받치는 주(柱)는 웬만큼 중대한 사태가 아니면 나서지 않았다.

그러나 갑에 속한 자신들이 가도 해결이 안 된다면 그들도 어쩔 수 없으리라.

다만 사네미는 그럴 의향이 없었다.

굳이 주들을 번거롭게 만들 필요가 있으랴.

어떤 도깨비든 간에 이 손으로 없애 버릴 것이다.

"그럼 가 볼까~? 마사치카."

사네미가 천천히 몸을 일으켰다.

"오랜만에 합동 도깨비 퇴치야."

마사치카도 고개를 끄덕이며 자리에서 일어났다. 친구는 기지개를 쭉 켠 다음, 최근에는 여유가 없어 찾아오지 못했던 도장의 천장을 추억에 젖은 눈으로 올려다봤다. 그리고 살포시 눈웃음을 지었다.

"오랜만에 너랑 같이 훈련을 하고 싶었는데."

"이 임무가 끝나면 돌아와서 대련을 하자고. 그럼 되잖아."

"통산 207전 중 159승 42패 6무로 내 압승이었지?"

"반대야, 멍청아."

약삭빠르게 승패 현황을 반대로 말하는 마사치카를 가볍게 밀치고 문제의 저택이 있는 마을로 향했다.

가는 길에 마사치카가 불평을 주절주절 늘어놓았다.

"너 요즘 정말로 귀염성이 없어. 키도 어느 틈엔가 날 추월해 버렸고."

"이거 아무래도 먼저 주가 될 사람은 나 같은데?"

"제길~ 반드시 너보다 먼저 주가 되어서 소고기 전골을 얻어먹을 테다! 그래서 여자들한테 마구 인기를 끌고 말겠어! 두고 봐."

"어이, 얼른 와. 꾸물거리지 말고."

"장수풍뎅이 씨름에서는 아직 내가 월등히 앞서니까! 사형의 위엄을 걸고서라도 절대로 지지 않을 거야."

"시끄럽고 빨리 따라오기나 해, 바보 사형."

임무를 수행하러 가는 길임을 알면서도 오랜만에 만난 친구와 보내는 시간이 의외로 즐거워서, 웬일로 사네미는 부드러운 미소를 얼굴에 띄웠다.

사전에 들은 정보대로 저택이 있는 마을은 두 사람이 출발한 도장에서 상당히 멀리 떨어져 있었다. 심지어 문제의 저택은 마을 변두리에 위치했다.

저택에 도착한 즈음에는 이미 해가 뉘엿뉘엿 지고 있었다. 원래부터 맑은 날씨는 아니었지만, 구름으로 뒤덮여서 우중충한 하늘은 금방이라도 비가 쏟아질 것 같았다.

불어오는 바람은 살을 에듯이 차가웠다.

"여긴가."

"아주 으리으리한 저택이네."

옆에서 마사치카가 감탄한 듯이 말했다.

확실히 규모가 상당한 저택이었다. 그리고 세월의 흔적이 엿보였다. 울창하게 자란 나무들이 주변을 에워싼 탓인지 고즈넉한 인상을 주는 반면, 매우 음침하기도 했다.

"왠지 으스스한 집이야…."

긴 앞머리 아래로 사네미가 미간을 찌푸렸다.

정원 한쪽에 빼곡하게 피어난 피안화조차 아름답기보다는 왠지 꺼림칙하게 느껴졌다.

"가자."

"어."

서로에게 말을 건네며 둘이 함께 저택 안으로 발을 들여놓았다.

…그러자.

"?!"

이제까지 맡아 본 적 없는 냄새가 사네미의 코를 찔렀다.

강렬한 향기였다. 선향 종류 같지만 견디기 어려울 정도로 달큼해서 생물의 시체가 썩어서 풍기는 고약한 냄새와도 비슷했다. 그런 동시에 뭐라 형언할 수 없을 만큼 향기로웠다.

갑작스러운 냄새의 습격에 현기증마저 일었다.

"뭐야, 이 다디단 냄새는….

머리를 난폭하게 좌우로 흔들면서 들러붙는 향내를 뿌리쳤다.

"어이, 마사….

콧등에 주름이 팍 잡힌 사네미가 자신의 오른쪽 옆을 쳐다봤다.

그러나 거기에 친구의 모습은 없었다.

"마사치카?"

주변을 휙 둘러봤지만, 휑뎅그렁한 흙마루에도, 현관에서 이어지는 어둑한 복도에도 그 모습은 없었다.

혹시 몰라서 바깥도 확인했다. 저택 밖으로 나간 흔적은 보이지 않았다. 애초에 그 마사치카가 자신에게 아무 말도 없이 나갔을 리가 없었다.

친구가 홀연히 자취를 감춘 상황에서 사네미가 의아한 얼굴로 중얼거렸다.

"…이게 대체 뭐야?"

"이게 대체 뭐지?"

옆을 걷던 사네미가 사라졌다.

연기처럼.

마사치카는 두 눈을 끔뻑인 다음 친구를 찾아 달콤한 향기가 충만한 저택 안을 돌아다녔다.

"이봐~ 어디 갔어? 사네미~"

사람이 살지 않는 저택 안은 싸늘한 적막이 감돌았다. 무엇보다도 휑했다.

그렇다고 살림살이가 하나도 없는 건 아니라서, 전 주인이 잊고 간 듯한 물건이 드문드문 놓여 있었다.

저택 한복판에 있는 방에서 발견한 경대(鏡臺)와 텅 빈 화류 장식장도 그중 하나였다. 두 개 다 고급품이었지만, 넓은 방의 구석과 구석에 방치된 것처럼 놓인 모양새가 몹시 쓸쓸해 보였다.

"사네미~? 어딨어~?"

친구의 이름을 부르며 저택 안을 샅샅이 뒤졌다. 주방과 창고 방은 말할 것도 없고 화장실과 욕실까지 살폈지만 보이지 않았다.

사라진 아이들과 대원들의 모습도 없었다. 물론 도깨비도….

"아무도 없어…."

'그들은 그 저택에 아무도 없었다고 주장해. 도깨비는커녕 사라진 아이들과 대원도 그 저택에는 없었다고.'

우연히 자신이 여기 오기 전에 했던 말을 떠올린 마사치카 는 얼굴을 찌푸렸다.

"사네미, 어디로 가 버린 거야~?! 있으면 있다, 없으면 없 다고 말을 해~!!"

친구가 듣는다면 "멍청아, 없는데 대답을 어떻게 하냐?"라고 어이없어할 얼빠진 질문을 매우 진지하게 외쳤지만, 당연하게도 대답은 없었다.

어두운 복도에 홀로 멍하니 서 있었다. 그런 마사치카의 콧속으로 너무 달콤해서 썩은 듯한, 그러면서도 견디기 어려울 만큼 향기로운 냄새가 확 덮쳐 왔다.

'아까부터 풍기는 이거, 좋은 향기인지 불쾌한 악취인지 헷갈려. 게다가 너무 강해서 머리가 어질어질해.'

도대체 이 향기는 어디서 풍겨 오는 것일까.

저택 그 어디에도 향로 비슷한 것은 없었을 터였다.

마사치카는 대원복 소매로 코를 가리고 저택에 도착했을 때의 상황을 시간 순으로 되짚었다.

'사네미가 '가자.'라고 해서 나도 '어.' 하고 대답했어. 그런 뒤에 나란히 서서 격자문으로 들어왔지…. 그랬더니 이 강렬한 향기가 났고….'

깨닫고 보니 사네미가 사라져 있었다.

머리를 아무리 쥐어짜도 그 이상은 생각이 나지 않았다. 떠

오르기는커녕 기억이 점차 모호해졌다.

끝내는 정말로 이곳에 사네미와 함께 왔는지조차 의심이 가기 시작해서 마사치카는 자신의 뺨을 철썩 때렸다.

"정신 차려, 마사치카! 냉정해져!"

힘차게 외쳐서 자신을 독려한 후 일단 현관을 통해 저택 밖으로 나갔다.

차가운 바깥 공기를 쐬자 놀랄 만큼 머리가 맑아졌다. 선명해진 두 눈으로 다시 한번 저택을 쳐다봤다.

2층이나 별채는 없다.

혹시나 지하에 숨겨진 방이 있나 싶어서 마루 밑을 들여다보려고 하자 등 뒤에서 말소리가 들려왔다.

"이봐, 젊은이. 그런 데서 뭘 하는가?"

서둘러 뒤를 돌아보니 문 밖에 노인이 서 있었다. 머리카락은 눈처럼 새하얬으나 정정해서 지팡이도 짚지 않았다. 일자로 꾹 다문 입이며 바위 같은 얼굴로 미루어 짐작하건대, 매우 완고해 보였다.

"남의 집에 허락 없이 들어가지 마라."

"죄송합니다."

순순히 고개를 숙여 사과하는 마사치카를 보더니 노인은 원래도 가는 눈을 실처럼 가늘게 떴다.

"경관이냐?"

마사치카의 까만 대원복을 보고 노인이 지레짐작했다.

"경관치고는 꽤 젊구먼."

"아뇨, 젊어 보이는 것뿐이에요. 동안이거든요. 보세요, 그렇죠?"

마사치카는 마침 잘됐다며 노인의 착각을 굳이 정정하지 않았다. 지금 자신은 경관이 아니라 귀살대라고 대답해 봤자 이야기가 복잡해질 뿐이다. 귀살대는 정부 공인이 아니며 널리 알려진 것도 아닌, 어디까지나 사적인 조직이었다.

노인은 해맑게 웃는 마사치카를 미심쩍은 눈으로 보더니,

"경관이 무슨 일로 왔지?"

라고 물었다. 마사치카는 대충 이야기를 지어냈다.

"어, 그게, 이 집의 거주자와 관련해서 조사해야 할 일이 있어서요…."

"조사할 게 뭐 있어? 빈집이야. 이제는 더 이상 아무도 안 살아."

"이제는 더 이상?"

노인이 사용한 표현이 마음에 걸린 마사치카가 그에게로 달

려갔다.

"전에 누가 살았는지 아세요? 실례가 안 된다면 제게 알려 주실 수 없을까요?"

어쩌면 도깨비의 단서가 될지도 모른다.

흥분해서 말이 빨라진 마사치카가 묻자 노인은 "어엉?" 하고 귀에 손을 갖다 댔다. 노인에게 얼굴을 가까이 들이민 마사치카는 큰 소리로 재차 질문했다.

"전에는 누가 살았어요?! 할아버지?!"

"아이고, 귀청이야! 애초에 나는 아직 할아버지라고 불릴 나이가 아냐!! 네가 갑자기 빨리 말해서 못 알아들은 것뿐이라고!"

역시 첫인상대로 상당히 만만찮은 영감님이라고 마사치카가 속으로 쓴웃음을 지었다.

그러나 타고난 사교성을 발휘해 어르고 달래자 마침내 노여움을 푼 노인은 무거운 입을 열었다.

"…내가 어릴 적에는 야에 씨라는 아름다운 아가씨가 사용인 몇 명과 함께 살았어."

어려서 부모를 여읜 그녀는 외로움 때문인지 젊은 나이에 결혼했다.

하지만 배우처럼 잘생긴 남편은 처음에는 차분하고 온화한 남자를 연기했지만, 외동딸인 사에가 태어나자 곧바로 본성을 드러냈다.

"툭하면 손찌검을 했지…."

모녀는 언제나 상처를 달고 살았다고 한다.

심지어 남편은 야에가 저택과 함께 부모님에게 물려받은 고급 족자나 골동품을 팔아치워서 도박이나 술 마시는 데 펑펑 써 댔다. 야에가 이를 타박하기라도 하면 그야말로 기절할 때까지 때렸다. 사용인들은 모두 그 남자가 무서워서 달아나고 말았다.

노인의 이야기를 듣던 마사치카는 맹렬한 분노에 휩싸였다.

"정말 최악인 남편이네요."

"그래."

"제가 그 자리에 있었다면 혼쭐을 내 줬을 텐데."

"옛날이야기에 성을 내 봐야 무슨 소용이냐. 잠자코 듣기나 해."

마사치카가 자기 일처럼 분개하자 노인은 어이없어하면서도 어딘가 기쁜 기색이었고, 그 뒤로는 한결 스스럼없는 태도를 보여 줬다.

"걱정 마, 젊은이. 하늘은 다 지켜보시고 벌을 내리셨어."

큰비가 내린 다음 날, 그가 근처 강에 빠져 죽은 것을 마을 사람이 발견했다. 시야도 나쁠뿐더러 땅바닥도 매우 질척거렸기 때문에 아마 발이 미끄러져서 익사했으리라고 결론지었으며, 그 누구도 남자의 죽음을 애도하지 않았다.

"이제 야에 씨 모녀도 마침내 행복해지겠다고, 모두가 가슴을 쓸어내렸다만…."

폭력 남편에게서 해방되자마자 딸인 사에가 병에 걸려 몸져눕고 말았다.

마을 사람들은 모두 야에를 가엾게 여기며 어떻게든 힘이 되어 주려 했다. 노인은 그녀의 외동딸과 나이가 비슷하기도 해서, 어머니가 들려 준 병문안품을 가지고 몇 번인가 이 저택을 방문한 적이 있다고 했다.

"아픈 딸을 어찌나 살뜰히 보살피시던지…."

머리에 차가운 수건을 올려 주고, 미음을 먹이고, 몸을 씻겨 주고, 토사물을 치워 주는 등, 야에는 쉴 틈도 없이 딸을 돌봤다. 탕약과 소독약 냄새를 없애기 위해서인지, 혹은 병상에 누운 딸의 마음을 편하게 해 주려는 것인지 언제나 저택 안에 향기로운 향을 피워 놓았다고 한다.

그러나 그런 헌신적인 간병에도 불구하고, 사에의 상태는 회복세에 든 것처럼 보였다가 급격히 악화됐다.

"머지않아 말도 못 하게 되더니… 10살이 되기도 전에 세상을 떠났어."

당시를 떠올렸는지 노인은 괴로운 듯이 한숨을 내쉬었다.

"장례식이 치러진 밤에 야에 씨는 사에 방의 장경 앞에 쓰러져 우시더군."

"장경이요?"

"경대 말이다. 야에 씨가 어머니로부터 물려받은 물건인데, 어머니도 당신의 어머니에게서 물려받았다고 해. 듣자 하니 특별히 주문해서 만든 액막이 거울이라나? 그것만은 그 쓰레기 남편한테서 필사적으로 지켜 냈어. 그 거울이 분명 자신들을 지켜 줄 거라면서. 그랬는데."

노인은 도중에 말을 멈췄다.

대대로 전해진 액막이 거울도 불쌍한 모녀를 구하지 못한 것이다.

"그 후에 야에 씨는 어떻게 됐나요?"

마사치카가 조심스럽게 묻자 노인은 눈처럼 하얗게 센 눈썹을 찡그렸다. 그리고는 힘겹게 말문을 열었다.

"…사에의 장례식이 끝나고 얼마 지나지 않아서 뭔가가 정원의 무덤을 파헤쳐서 시신을 끄집어냈어."

아마도 들개 같은 짐승이 파먹은 것이리라. 그 자리에는 소녀의 옷만 남아 있었다고 한다.

"야에 씨는 슬픔에 젖어서 어딘가로 떠나 버렸지. 어찌 됐는지는 아무도 몰라."

"그 이후에 이 저택에서 산 사람은 없었나요?"

"그래, 내내 비어 있었어."

그렇게 말하는 노인은 어린 나이에 이 세상을 떠난 소녀나, 어쩌면 모친 쪽에게 아련한 동경을 품었던 것 같았다. 아직도 이 저택이 눈에 밟혀서 하루에 한 번씩은 꼭 찾아와 무덤지기 비슷한 일을 한다고 했다.

"워낙에 큰 저택이니 몰래 숨어들어서 나쁜 짓을 꾸밀 놈들이 있을지도 모르잖느냐."

"확실히 그건 문제네요."

라며 마사치카가 찌푸린 얼굴로 끄덕였다. 노인도 그 말에

동의한 다음,

"방금 전에도 인상이 험악한 남자 둘이 시끄럽게 떠들면서 이 저택 방향으로 가는 걸 보고 신경이 쓰여서 와 봤다만…."

마사치카를 슬쩍 흘겨봤다. 그러나 마사치카는 노인이 빈정거리는 것을 알아채지 못하고 깜짝 놀라 물었다.

"그런 놈들이 있었어요? 지금은 어디 있죠?"

"너희 얘기다, 이 멍청아."

노인이 기가 막히다는 말투로 말했다.

"뭐, 자세히 보니까 너는 좀 얼빠진 인상이라고 해야 하나? 선한 얼굴이지만 말이야. 그리고 보니 눈매가 매서워서 꼭 악당처럼 생긴 일행은 어딨지? 아직 저택 안에 있나?"

노인이 그렇게 말하며 수상쩍어하는 눈으로 저택을 둘러보자, 마사치카는 '사네미다!'라고 마음속으로 외쳤다.

'분명히 사네미 얘기야. 틀림없어.'

역시 자신들은 이곳에 함께 온 것이다.

그리고 친구만 사라졌다.

아마도 도깨비의 이능력이다. 자기 마음에 든 인간만 감쪽같이 납치해서 어딘가 데려가는 것이리라.

그런데 왜 자신이 아니라 사네미였을까.

'사네미와 사라진 아이들, 그리고 대원들 사이에 어떠한 공통점이 있다는 뜻인가?'

마사치카가 혼자서 골똘히 생각에 잠기자 노인은 "아무튼." 이라며 이야기를 마무리했다.

"여기는 그런 저택이다. 경관이라고 해서 다른 사람의 추억이 서린 장소에 흙발로 쳐들어가면 쓰나. 다른 녀석도 데리고 나와서 냉큼 돌아가거라. 알았지?"

마지막으로 그렇게 못 박은 다음 유유히 멀어져 갔다.

그 뒷모습을 배웅하면서 울창한 나무로 둘러싸인 저택을 올려다봤다. 노인의 이야기를 듣고 나니 섬뜩함보다는 서글픔이 느껴졌다.

야에는 딸을 잃은 뒤에 어디로 사라진 것일까.

'가령….'

그녀가 도깨비일 가능성은 없을까?

사랑하는 딸을 잃어서 절망의 심연에 빠진 그녀에게 키부츠지 무잔이 피를 나눠 줬다. 도깨비로 변한 그녀는 죽은 딸을 잊지 못해 아이들을 끊임없이 납치하고 있다.

하지만 어디로?

납치된 아이들과 사라진 대원들, 사네미는 어디로 사라진 것인가….

그때 문득, 마사치카의 머릿속에 번뜩이는 것이 있었다.

캄캄하고 긴 복도를 한참 걸어간 끝에 방이 나왔다.

한층 더 향기가 강한 실내에는 6개의 침대가 나란히 놓여 있었다.

"대체 뭐야… 이건."

사네미는 눈앞에 펼쳐진 기묘한 광경에 미간을 찌푸렸다.

긴 검은 머리카락 끝을 고리처럼 감아 묶은 작은 체구의 여자 한 명이 침대 사이를 바쁘게 왔다 갔다 했다.

눈이 시릴 정도로 새하얀 침구 위에는 각각 4명의 아이들과

2명의 대원이 누워 있었다. 그러나 그중 아이 둘과 대원 하나는 이미 숨진 상태여서 눈알에는 파리가 앉아 있고, 살갗 군데군데에 구더기가 들끓었다.

아직 숨이 붙어 있는 아이들은 둘 다 앙상하게 말라서, 뿌옇게 흐린 눈으로 멍하니 천장을 바라보고 있었다.

오른쪽 끝 침대에 눕혀진 남자 대원은 온몸에 피가 밴 붕대를 감고 있었다. 다친 곳이 아픈지 짓뭉개진 개구리처럼 신음하던 남자는 심하게 기침하더니 구토했다.

"이런, 이런, 또 게워냈구나. 가엾게도."

여자는 그렇게 말하고는 대원의 토사물을 다정한 손길로 닦아 내고 물주전자로 물을 먹였다. 대원의 입가로 다 삼키지 못한 물이 침처럼 줄줄 흘렀다.

그 후 소년의 이마에 맺힌 땀을 조심스럽게 닦고 상체를 일으켜서 숨 쉬기 편하게 앉혀 준 다음, 소녀의 윤기 없이 푸석푸석한 머리카락을 정성스럽게 빗기기 시작했다.

"자, 귀엽게 치장하자."

소녀의 머리를 땋아 올리면서 한없이 자비로운 얼굴로 여자가 웃었다.

마치 그들의 진짜 어머니인 것처럼.

다만, 여자는 인간이 아니었다.

"걱정 마. 너희는 내가 영원히 지켜 줄 테니까."

소녀의 머리를 쓰다듬으면서 노래하듯이 말하는 여자의 입술 사이로는 날카로운 송곳니가 엿보였고, 두 눈은 피처럼 붉었다.

"그렇지. 오늘은 새로운 아이가 왔어. 사이좋게 지내 주렴."

그렇게 말한 여자는 사네미 쪽으로 얼굴을 돌렸다. 왼쪽 얼굴 위로 흘러내린 머리카락을 무심하게 귀 뒤로 쓸어 올렸다. 훤히 드러난 왼쪽 눈에는 '하현1'의 글자가 새겨져 있었다.

사네미가 눈을 부릅떴다.

숫자가 새겨진 눈은 키부츠지 무잔의 직속 수하라는 표식이었다.

"네놈, 십이귀월이냐…."

사네미가 부라렸던 눈을 가늘게 떴다.

흔한 잔챙이 도깨비와는 다르다. 이능력을 지닌 도깨비 가운데에서도 가장 키부츠지 무잔의 피가 진한 12마리의 도깨비 중 하나가 지금 자신의 눈앞에 있었다. 증오와 흥분으로 온몸에 소름이 끼쳤다.

일륜도를 뽑아든 사네미가 바닥을 박차고 달려 나갔다.

피해자들이 휘말리지 않도록 여자의 가느다란 목만 노렸다. 한 점에 집중했지만 위력은 떨어트리지 않았다. 그러나 도깨비는 가냘픈 팔을 가볍게 흔든 것만으로 사네미의 공격을 받아넘겼다.

윤기 나는 머리카락에 꽂은 주홍색 꽃이 흔들렸다.

마치 산들바람이라도 맞은 것처럼.

"아니…!"

"우후후. 장난치면 안 되지."

화들짝 놀란 사네미의 얼굴을 보고 하현1은 붉은 입꼬리를 살며시 올렸다. 꽃처럼 아름다운 얼굴에 장난만 치는 아이를 타이르는 것 같은 미소가 떠올랐다.

그 얼굴을 사네미가 노려봤다.

"마사치카를 어디에 숨겼어?"

"마사치카? 아~ 그 아이는 필요 없으니까 됐어. 널 찾는 모양이지만, 곧 포기하고 돌아가지 않을까? 내가 원하는 건 너뿐이야."

도깨비는 웃는 얼굴로 그렇게 말하고 사네미의 두 눈을 지

근거리에서 뚫어져라 응시하더니,

"불쌍해라…."

라고 속삭였다. 가늘고 긴 손가락이 사네미의 뺨을 향해 슥 뻗어 왔다.

"윽?!"

사네미는 도깨비의 손가락이 닿기 직전에 뒤쪽으로 몸을 날려서 간격을 벌렸다. 그리고 일륜도를 고쳐 잡았다.

여자는 갈 곳이 없어진 손가락 끝으로 자신의 윗입술을 훑고는 큰 눈동자가 돋보이는 두 눈으로 부드럽게 눈웃음을 지었다.

"너는 부모에게 학대당했지? 눈을 보면 알아. 아버지? 어머니? 아니면 양쪽 다일까?"

"! 이 자시이이익!!"

모친을 모욕하자 분노로 머리에 피가 몰린 사네미가 다시 한번 칼날을 휘둘렀다.

"뒈져 버려!!"

"어머나, 말을 안 듣는 아이네."

여자는 가볍게 뛰어오르며 사네미의 칼날을 피한 다음,

"이러면 안 되지. 아이가 엄마에게 칼날을 겨누면 어떡해."

라고 말하며 싱긋 웃었다.

그 견디기 힘든 달콤한 향기가 더욱 진해졌다.

다음 순간, 눈에 보이던 방 안의 광경이 달라졌다.

"으…."

벽 한 면이 검붉은 살로 변한 것을 보고 사네미가 두 눈을
크게 떴다.

아이들과 대원들이 눕혀진 새하얀 침구 역시 너무 익어 버
린 과실처럼 물컹물컹한 살덩어리로 바뀌어 있었다.

"뭐지? 이 소름 끼치는 장소는?"

"내 배 속이야."

도깨비는 경악스러운 사실을 매우 태연하게 말하고 부드럽
게 미소 지었다.

"이제 너도 내 아이란다."

"뭐?"

"이래도 믿지 않을 거니?"

도깨비가 그렇게 말하자 죽은 세 사람의 몸이 질퍽질퍽 소
리를 내며 살덩어리 속으로 가라앉았다. 살로 된 벽 전체가 크

게 고동쳤다.

잘 먹었습니다, 라며 도깨비가 새빨간 혀로 자신의 입술을 핥았다.

"…네놈, 시신을 어디로 치운 거야?"

"당연히 먹어 버렸지."

분노로 낮게 깔린 목소리로 묻는 사네미에게 도깨비가 웃으며 대답했다.

"내 태내로 돌려보냈어. 이제 영원히 함께 있을 수 있어."

가슴팍에 양손을 갖다 대고 애지중지하듯이 말하는 여자의 목소리는 한없이 상냥해서 구역질이 날 지경이었다.

여기가 어디든 간에 이 도깨비의 목을 베어 버리지 않으면 직성이 안 풀렸다.

"어이… 그 수상하기 짝이 없는 어머니 행세 지금 당장 집어치워."

"행세? 행세라니, 말이 심하잖아. 나는 병마가 앗아간 사랑하는 딸 대신에 부모 복이 없는 아이들을 여기서 보듬어 주고있단다. 나는 그런 아이들을 바로 알 수 있거든. 얼마나 상처받아 왔는지, 얼마나 슬픈 일을 겪었는지를. 그래서 나는 불쌍한 이 아이들의 어머니가 되어 줬어."

"웃기지 마아아!!"

사네미가 소리쳤다.

"네놈이 어딜 봐서 어머니냐? 이게 어딜 봐서 보듬어 주고 있는 거냐고!!"

그 노성에 대원이 미약하게 반응했다. 없는 힘을 쥐어짜서 상체를 일으키더니 시체 같은 얼굴로 이쪽을 바라봤다.

그 얼굴은 낯이 익었다.

"너…."

"…아, 아…."

최종선별 때 본 얼굴이었다. 아마 우라가라는 이름의 체격이 좋은 남자였다.

우라가는 목이 뭉개졌는지 거의 신음이나 다름없는 목소리로 시나즈가와, 라고 이름을 불렀다.

"사… 살려… 줘."

나뭇가지처럼 앙상해진 팔을 이쪽을 향해 힘없이 내밀었다.

그걸 본 도깨비의 얼굴에서 기묘하게 표정이 사라졌다.

말없이 우라가 쪽으로 걸어가서는 한 손을 쳐들었다. 도깨비의 손톱이 우라가의 목으로 뻗었다. 하지만 그보다도 빠르게 사네미가 동기의 몸을 도깨비의 침상에서 구해냈다.

성인 남성이라는 게 믿기지 않을 만큼 그의 몸은 가벼웠다.

도깨비에게서 떨어진 곳에 우라가를 눕히려 하자 그의 손이 생각보다 억센 힘으로 사네미의 대원복을 움켜쥐었다.

"…연인이 나를… 기다…려…. 부탁이야…! 죽고 싶지, 않아…. 죽고 싶지…."

예전에 이 남자가 부모님, 그중에서도 특히 어머니와 사이가 나쁜 이유도 있어서 되도록 빨리 자신의 가정을 꾸리고 싶다고 이야기한 것이 기억났다.

사네미가 말없이 어금니를 꽉 깨물었다.

이 상태로는 지금 당장 치료를 받는다 해도 살 확률은 반반일 것이다.

"살려… 줘…."

"걱정 마, 우라가. 그만 말해."

짧게 대답하고 나서 동료의 손을 떼려고 하자,

"…너도 엄마를 버리려 하는구나."

도깨비가 묘하게 담담한 목소리로 말했다.

그녀는 몹시 싸늘한 눈빛으로 우라가를 응시했다.

"너도 그 아이와 똑같아. 정말 은혜도 모르는 아이라니까. 너에게 쏟아부어 준 시간이 전부 헛되이 됐잖니. 지긋지긋해.

얘, 날 배신할 바에야 지금 바로 내 눈앞에서 사라져. 너 같은 건 살아 있어 봤자 아무 도움도 안 돼. 필요 없어. 지금 당장 죽어."

"아앙? 이 자식, 그건 또 무슨 헛소리야?"

"아… 아아아….'"

도깨비를 노려보는 사네미 옆에서 우라가가 머리를 감싸 쥐었다.

그의 몸이 바들바들 떨리기 시작했다.

"으아아아… 아… 아아, 아, 아, 아."

"어이."

그의 상태가 이상하다는 걸 깨달은 사네미가 우라가의 어깨를 붙잡았다.

"시나…즈…가와….'"

동기는 일순 도움을 청하듯이 사네미를 쳐다봤다. 그 두 눈에서 눈물이 흘러넘쳤다. 하지만 우라가는 뭔가를 포기한 것처럼 고개를 작게 젓더니 울면서 웃는 표정을 지었다.

"안 되겠어…. 나는… 역시… 엄마를… 배신하지 못해….'"

쥐어짜는 듯한 목소리로 그렇게 말한 그는 대원복 안주머니에서 꺼낸 단검으로 눈 깜짝할 사이에 자신의 목을 그었다.

눈앞에서 새빨간 꽃이 피었다.

선혈이 사네미의 얼굴과 몸에 마구 튀었다.

"!! 우라가!!"

"으, 아…."

살로 된 바닥으로 쓰러진 우라가는 한동안 고통스럽게 경련을 일으켰지만, 이윽고 움직이지 않게 됐다. 해골처럼 야윈 뺨 위로 눈물이 흘러내렸다.

"…네놈… 이 녀석한테, 우라가한테 무슨 짓을 했지?"

사네미가 분노에 차서 떨리는 목소리로 물었다.

"어머머, 왜 화를 내니? 그 아이는 나를 나쁜 사람으로 꾸며내려고 했어. 나는 여기서 사랑하는 아이들과 쭉 행복하게 살아가고 싶을 뿐인데, 그걸 전부 망가트리려 했다고. 내 다정한 마음을 짓밟았어. 그러니 최소한의 속죄로서 죽는 게 당연해."

어느새 이전의 상냥한 표정으로 돌아온 도깨비가 미소를 지으며 말했다.

머릿속에서 뭔가가 뚝 하고 끊기는 소리가 났다.

"!! 망할 자식이이이이이이익!!!"

사네미의 노성이 주위로 울려 퍼졌다.

"사네미?"

방금 친구의 목소리가 들린 것 같은 기분이 들었지만, 역시
그의 모습은 어디에도 없었다.

마사치카는 저택의 어느 방 안에 있었다. 눈앞에는 노인의
이야기에 나왔던 장경이 있었다.

스스로도 왜 이 거울이 신경 쓰였는지 모르겠다. 하지만 만
약 야에가 도깨비라면, 그녀의 이후 행적의 단서가 될 만한 물
건은 이것 정도밖에 없었다.

아름다운 자수가 놓인 천을 둘러놓은 거울 앞에 웅크려 앉
았다.

오래된 물건이라는 점 외에는 지극히 평범한 경대였다. 그
런데 서랍 손잡이 부분의 재질이 일륜도와 매우 비슷했다. 액

막이 거울이라고 불리는 걸 보면 실제로 요코산에서 채굴한 철이 사용됐는지도 모른다. 햇빛을 듬뿍 흡수한 이 철에는 도깨비를, 악한 것을 물리치는 힘이 담겨 있다.

은은한 광택이 감도는 손잡이에 손가락을 걸어서 열었다.

서랍장 안은 텅 비어 있었다.

하지만 혹시 몰라서 손을 넣어 더듬으니 바스락거리는 것이 손끝에 닿았다.

"? 이게 뭐지? 이 위쪽에… 종이? 풀 같은 것으로 붙여 놨나…?"

찢어지지 않도록 조심스럽게 서랍장에서 떼어 내서 보니 그것은 대충 접은 갱지였다. 특별히 경계할 것도 없이 무심하게 종이를 펴 보았다.

그러나 다음 순간, 마사치카는 말문이 막힌 채 그 자리에 얼어붙었다.

거기에는 시커멓게 변색된 피로 적힌 글자들이 몸부림치고 있었다.

엄마가 나한테 독을 먹였다.

엄마가 내 목을 불로 지졌다.

엄마가 내 귀를 짓뭉갰다.

엄마가 내 머리카락을 쥐어뜯었다.

엄마가 내 손톱을 뽑았다.

엄마가 내 뼈를 부러트렸다.

엄마가 나를 껴안고 운다.

엄마가 나더러 필요 없는 아이라고 한다.

엄마는 내가 소중하다고 한다.

엄마는 나를 죽이려고 한다.

살려줘살려줘살려줘살려줘살려줘살려줘살려줘살려줘살려
줘살려줘살려줘살려줘살려줘살려줘살려줘살려줘살려줘살려
줘살려줘살려줘살려줘살려줘살려줘살려줘살려줘살려줘살려
줘살려줘살려줘살려줘살려줘살려줘살려줘살려줘살려줘살려
줘살려줘살려줘살려줘살려줘살려줘살려줘살려줘살려줘살려
줘살려줘살려줘살려줘살려줘살려줘살려줘살려줘살려줘살려
줘살려줘살려줘살려줘.

마지막 부분의 글씨는 하도 휘갈겨 써서 알아볼 수도 없었
다.

저도 모르게 한 손으로 입가를 가리다가 종이를 떨어트릴 뻔해서 황급히 양손으로 다시 붙잡았다. 손 안에서 종이가 바스락거리는 메마른 소리가 났다.

'대체 뭐야, 이건⋯. 엄마가 죽였다는 건 설마.'

믿고 싶지 않았다. 하지만 노인의 말에 의하면 이곳은 분명히 사에의 방이었다.

'야에 씨가 사에를⋯.'

그런 생각이 들자 순식간에 세상이 뒤집혔다.

방금 전에 들었던 갸륵하고 가엾은 여자의 이야기가 시커먼 색으로 덧칠됐다.

마사치카는 멍하니 경대를 바라봤다.

이 거울은 쭉 지켜본 것이다. 자식을 열심히 간병하는 자애 넘치는 어머니의 진짜 모습을⋯.

그렇다면 남편의 죽음은? 그건 정말로 단순한 사고였을까?

애초에 사에의 시신을 무덤에서 파헤친 건⋯.

"욱⋯!"

무시무시한 상상을 떠올린 마사치카는 구토감이 밀려왔다.

살려 달라고 애원하는 혈서는 군데군데가 눈물로 번져 있었다.

새끼손가락 끝을 깨물어서 적었을까. 고통에 몸부림치듯이 휘갈긴 글씨체에서 10살도 채 되지 않은 소녀의 공포와 절망이 전해져 왔다.

마사치카의 시야가 뿌옇게 흐려졌다.

'가엾어라….'

얼마나 괴로웠을까. 얼마나 무서웠을까.

거무튀튀해진 글자 위로 마사치카의 눈물이 뚝 떨어졌다.

그때….

"사네미?"

코를 찌르던 향기가 급격히 약해지더니 다시 한번 친구의 목소리가 들렸다. 이번에는 조금 전보다 더 또렷하게 들렸다.

"사네미 맞지?! 어디 있어?!"

마사치카가 튕겨나가듯 자리에서 일어나 주위를 둘러봤다. 그러는 와중에 일륜도 끝이 거울에 둘러놓은 천에 닿았다. 비단천이 방바닥으로 주르륵 떨어졌다.

마사치카가 아차 싶어서 천을 주우려고 하다가 거울과 정면으로 마주했다.

마사치카의 움직임이 멈췄다.

"어…?"

거울 안에 사네미가 있었다.

방의 가운데쯤에 서서 여자 도깨비와 대치 중… 아니, 어딘가 이상했다.

친구는 어째선지 전혀 엉뚱한 방향에 칼을 겨누고 있었다. 그런 사네미를 여자 모습을 한 도깨비가 떨어진 장소에서 즐거운 듯 바라봤다. 핏기가 싹 가셨다.

"사네미! 거기가 아니야! 도깨비는 뒤에 있어!!"

다급해진 마사치카가 칼을 빼들면서 뒤돌아섰다.

"?!"

그러나 뒤돌아본 방 안에는 친구의 모습은커녕 도깨비도 보이지 않았다.

"아니? 그치만 지금… 분명히 여기에."

당황한 마사치카가 다시 거울 쪽으로 시선을 돌렸다.

거울에 비치는 방에서는 사네미가 허공을 향해 기술을 펼치는 중이었다. 도깨비는 여전히 그 모습을 비웃고 있었다.

그 순간, 마사치카는 기묘한 위화감을 느꼈다.

거울 안에는 자신의 모습이… 마사치카가 비치지 않았다.

무엇보다도 반대편 구석에 틀림없이 놓여 있는 장식장이 사라져 있었다.

"여기가… 아니야."

다른 방의 광경을 비추는 것일까?

마사치카가 더 자세히 보려고 몸을 굽혔다.

그러자 거울 안에 비치던 친구의 모습이 사라지고, 그 대신 간절한 표정의 자신이 보였다. 창백해진 마사치카가 거울을 양손으로 움켜쥐었다.

"! 잠깐만!! 사네미는, 그 녀석은 어디 있는 거야?!"

있는 힘껏 거울을 흔들려고 하다가 그 손을 멈췄다.

거울 구석으로 장식장이 보인 것이다.

심지어 맨 위 칸에 수상쩍은 향로가 놓여 있었다.

하지만 재차 돌아본 마사치카의 눈에는 그저 텅 빈 장식장으로 보일 뿐이었다.

"어…?"

어찌 된 영문인지 모르겠다.

혼란스러운 얼굴로 마사치카가 다시 한번 거울을 쳐다봤다.

거울에 구멍이 뚫릴 정도로 응시하자, 붉은빛을 띠는 연기가 향로에서 희미하게 피어올랐다. 실내에는 여전히 너무 달콤해서 부취(腐臭) 같으면서도 한편으로는 향기로운 향이 감돌았다.

머릿속에 한 가지 생각이 떠올랐다.

"이 향이…?"

마사치카가 중얼거리자 거울 안에서 붉은 연기가 너울거렸다.

머릿속 한구석에서 소녀의 소리 없는 울음소리가 들린 것 같았다.

살려 달라고.

어린 목소리를 힘겹게 쥐어짜서.

지금은 세상을 떠나고 없는 소녀가 속삭였다.

"…제기랄… 왜 안 통하지?"

"머리가 나쁘구나. 아까도 말했잖니? 여기는 내 배 속이야. 그러니 아무도 날 다치게 할 수 없어."

벌써 몇 번이나 날렸는지 모를 공격을 가볍게 받아넘겨서 성질이 난 사네미에게 말 안 듣는 아이를 달래는 말투로 도깨비가 말했다.

분하지만, 앞부분은 그렇다 쳐도 뒷부분은 도깨비의 말이 맞았다. 사네미가 펼친 공격은 그녀는커녕 주변의 육벽(肉壁)에도 흠집을 내지 못했다.

그 후에 우라가의 시신도 살덩이 속에 삼켜지고 말았다. 시신마저도 연인 곁에 돌려보내 주지 못했다. 그게 사네미를 더욱 괴롭게 만들었다.

"이제 그만 포기하렴. 넌 이제 내 아이야. 엄마가 너를 영원히 지켜 줄게. 영원히 곁에 있어 줄게. 그러니까 이제 소용없는 짓은 그만둬. 자, 품에 안아 줄게. 아니면 자장가를 불러 주는 게 좋으려나?"

"닥쳐."

사네미가 낮게 으르렁거렸다.

'망할 자식… 완전히 날 가지고 노는군.'

그 증거로 도깨비 쪽은 도통 공격하려고 들지를 않았다.

사네미에게 헛수고로 그칠 뿐인 공격을 계속 시도하게 만들

어서 조금씩 체력을 깎아 내 몸과 마음 모두가 초췌해져 가는 모습을 보며 즐거워했다.

어떻게든 해서 이 공간을 벗어나지 않는다면 사네미에게 승산은 없었다.

하지만 무슨 수로.

결국 원점으로 돌아오고 만다. 아무런 진전 없이 고민만 반복했다.

'최소한 애들만이라도 바깥으로….'

사네미가 시야의 가장자리로 아이 2명을 쳐다봤다. 조금 전부터 소년 쪽의 상태가 이상했다. 열이 높은지 자꾸만 몸을 부들부들 떨었다. 소녀 쪽은 아직까진 괜찮아 보이지만, 어서 안전한 장소로 옮겨 치료를 받게 해 주고 싶었다.

그러려면 한시라도 빨리 도깨비를 해치우고 이곳에서 탈출해야 한다.

그러나 이 안에 있는 한 도깨비에게 공격을 가하는 건 불가능하다.

'젠장!!'

갈등하는 사네미를 도깨비가 조소를 띄우고 구경했다.

그런데, 그 입가에서 웃음기가 싹 사라졌다.

"…어째서."

"뭐어?"

자신에게 말한 줄 알았는데, 도깨비의 두 눈은 사네미를 쳐다보지 않았다.

믿기지 않는다는 듯이 허공을 응시했다.

"뭐야… 그 아이."

처음으로 보여 주는, 여유가 사라진 표정이었다.

헛소리라도 하는 것처럼 도깨비가 중얼거렸다.

"보이지는 않을 게 분명한데."

"아앙? 혼자 뭐라는 거야, 인마."

사네미가 의아해하며 물은 직후, 방 어딘가에서 도자기가 깨지는 날카로운 소리가 울려 퍼졌다.

무슨 소리인가 싶어 인상을 팍 쓴 사네미의 시야가 순식간에 변했다.

"! 아니…?"

어느 틈엔가 검붉은 공간은 처음에 봤던 방의 모습으로 돌아왔고, 틀림없이 눈앞에 있었던 도깨비는 어느샌가 대각선 옆에 서 있었다.

사네미는 몸을 돌리는 동시에 펄쩍 뛰어서 도깨비로부터 떨어졌다.

'어떻게 된 거지?'

자세히 보니 완전히 원래대로 돌아온 것은 아니었다. 그 새하얀 침대는 어디에도 없었다. 아이들은 그냥 방바닥 위에 눕혀진 상태였고, 사네미가 날렸던 참격의 흔적은 장지문과 벽, 방바닥과 천장에 또렷하게 남아 있었다.

그걸 보고 알았다.

'환술인가….'

제일 처음 봤던 그 새하얀 침대도, 검붉은 육벽으로 둘러싸인 소름끼치는 공간도, 심지어 도깨비 그 자체도….

그러니 아무 공격도 통하지 않았던 것이다.

깨닫고 보니 그 기분 나쁘게 달콤한 부취도 사라졌다.

'빌어먹을… 사람을 가지고 놀았겠다?'

부처님 손바닥 위가 아닌 도깨비 손바닥 위에서 놀아났음을 깨닫자 배알이 뒤틀리는 기분이었다.

도깨비의 태내까지는 아니더라도 어찌 되었든 이공간에 갇

혔다고 믿는 바람에, 도깨비를 죽이고 그곳을 탈출하는 데만 정신이 팔려 있었다. 그래서 진실을 꿰뚫어 보지 못했다.

보기 좋게 도깨비의 술수에 걸려든 것이다.

'그런데 왜 갑자기 주술이 깨졌지?'

그 의문은 이어서 들려온 우렁찬 목소리에 의해 풀렸다.

"사네미!! 어디 있어?!"

"!!"

참으로 오랜만에 듣는 것 같은 그 목소리에,

"! 마사치카아아!! 여기야!!"

사네미가 큰 소리로 대답했다.

몇 초 후, 복도를 우당탕탕 달리는 소리와 함께 활짝 열린 장지문으로 마사치카가 뛰어들어왔다.

"사네미… 늦지 않았구나."

재회하자마자 일단은 사네미가 무사함을 기뻐한 친구는 이마에 구슬 같은 땀방울이 맺힌 채로 거친 숨을 몰아쉬었다.

"다행이다…."

마사치카가 배시시 웃었다.

안도감을 감추려고도 하지 않는 그 미소를 본 순간, 이 남자가 어떠한 방법을 써서 자신을 궁지에서 구해 주었다는 걸 알

수 있었다.

분노와 초조함이 급속히 사라져 갔다.

서로 모습은 보이지 않았지만, 마사치카는 자신과 함께 싸워 준 것이다.

사네미의 입가에 자연스럽게 미소가 번졌다.

"…덕분에 살았다, 마사치카."

그렇게 말하자,

"당연하지. 나는 네 사형이라고."

친구는 기쁜 얼굴로 싱긋 미소를 지었다.

거울로 본 위치를 겨냥해서 장식장까지 한꺼번에 일륜도로 베자, 도자기 깨지는 소리와 함께 그 향기로운 부취가 사라졌다.

부서진 장식장의 나무 조각 밑에서 깨진 향로를 확인한 마사치카는 복도로 나가 큰 소리로 외쳤다. 그 소리에 사네미가 반응했다.

목소리가 들린 쪽으로 복도를 달려가자, 조금 전에 왔을 때는 틀림없이 막다른 길이었던 곳에 처음 보는 안방이 눈에 들어왔다.

활짝 열린 장지문을 통해 마사치카가 실내로 뛰어들자, 여자 도깨비와 어린이 2명, 그리고 무사한 친구의 모습이 있었다.

"사네미… 늦지 않았구나."

새로 생긴 상처는 없었다. 피도 흘리지 않았다.

곤란하다고 해서 희혈에 의존하지 않고 싸워 준 것이다. 이런 급박한 상황임에도 입가에 미소가 번졌다.

"다행이다…."

가까이 다가가자 사네미도 하얀 치아를 드러내며 웃었다.

"어떻게 한 거냐? 무슨 수로 주술을 풀었어?"

"방 한 곳에 이 집안에 대대로 전해져 내려온 액막이 거울이 있었어."

그 서랍장 안쪽에 모친에게 살해당한 소녀가 남긴 혈서가 있었다는 것.

어쩌면 그 아이의 원념이 거울에 자신을 죽인 모친의 추악한 말로를… 진실을 비췄다는 것.

향로를 깨부수자 그 강렬한 향이 사라졌다는 것 등을 간략

하게 설명했다.

두뇌회전이 빠른 사네미는 금방 이해한 것 같았다.

"그 소녀를 죽인 모친이라는 게 바로."

"…응, 저 도깨비야."

마사치카가 도깨비를 재차 노려봤다.

"그래. 그 거울에 그런 힘이 있었구나."

도깨비는 반격하듯이 마사치카의 두 눈을 쏘아본 다음 싸늘하게 웃었다. 그 왼쪽 눈에 숫자가 새겨져 있었다. '下壹'―하현1. 십이귀월이다. 이제까지 대치했던 그 어떤 도깨비보다도 키부츠지 무잔에 가까운 도깨비.

그러나 마사치카의 마음속에는 신기할 정도로 두려움이 없었다. 부담감도 없었다. 단지 가눌 길 없는 분노만이 있었다.

이 여자가 사에를 죽였다.

이 여자는 도깨비다.

인간이었던 무렵부터 이 여자는 사람의 거죽을 뒤집어쓴 도깨비였다.

"남편에게 두들겨 맞아도 날 구해 주지도 않았어. 액막이 거울이라는 이름 따위 허울일 뿐인, 아무짝에도 쓸모없는 거울인 줄 알았는데."

"…사에가 우리를 도와준 거야."

저주일까.

아니면 이 이상 어머니가 죄를 더하는 걸 원치 않았던 것일까.

절망에 빠진 채 죽어간 소녀의 심정을 헤아린 마사치카가 주먹을 꽉 쥐었다.

도깨비가 불쑥 중얼거렸다.

"그 아이가 나를 또 배신했구나."

"!!"

자신의 신세를 한탄하는 말투에 마사치카의 분노가 폭발했다.

"어떻게 하면 그런 결론이 나오지?! 배신한 건 너잖아!! 네가 자기 딸을 서서히 죽음으로 몰아갔으면서!! 기껏 회복되는 것 같았는데 독을 먹이고, 목과 귀를 못 쓰게 만들고! 다리를 부러뜨려서!! 어떻게 그런 짓을 할 수 있지?! 자기가 배 아파 낳은 아이잖아?!"

너무 화난 나머지 목소리가 갈라졌다.

하지만 정작 도깨비의 두 눈에는 아무런 감정도 엿보이지 않았다. 눈곱만큼도 관심이 없다는 기색이었다.

마사치카 마음속의 분노가 슬픔으로 변했다.

"…야에… 나는 널 용서하지 않을 거야."

인간이던 시절의 이름을 부르자, 도깨비 여자가 움찔하고 반응했다. 딸의 이야기에는 꿈쩍하지도 않은 주제에 노골적으로 불쾌해 보이는 목소리와 얼굴로 말했다.

"그 이름이라면 이미 오래전에 버렸어. 내 이름은 우부메야. 이 멋진 도깨비의 육체와 함께 그분이 내려 주신 소중한 이름. 딱 한 사람, 날 이해해 주시는 그분께서 지어 주셨어."

우부메가 한껏 도취되어서 이야기했다.

"나는 말이지, 그저 행복해지고 싶었을 뿐이야."

그래서 남편의 폭력도 견뎌 냈다. 언젠가 행복한 가족이 될 수 있을 거라 믿고서. 그런데 남편은 노름판의 여자한테 홀딱 빠져서 자신들을 버리고 떠나려 했다. 그래서 사고로 위장해 살해했다.

이렇게나 노력하는 자신이 왜 행복해질 수 없는 것일까. 허무함을 가슴에 품은 채 병에 걸린 딸을 간병하고 있으니, 스스로도 놀랄 정도의 평온을 느꼈다.

이대로 쭉 살고 싶다고, 그것만을 바라며 자식을 **간호하고 또 간호했다.**

"그런데 그 아이는 도망치려고 했어."

우부메는 돌연 슬픈 표정을 짓더니 한숨을 푹 내쉬었다.

"바닥을 기어가면서까지 날 버리려고 하지 뭐야. 이렇게나 다정하고, 이렇게나 애쓰는 내 마음을 그 아이는 짓밟았어."

"…그래서 자기 딸을 제 손으로 죽였다, 그렇게 말하고 싶은 거냐?"

지금까지 잠자코 있던 사네미가 묘하게 담담한 목소리로 말했다.

"그래, 맞아."

우부메가 부드러운 눈웃음을 지었다. 사네미를 보는 눈빛은 마사치카를 볼 때와는 전혀 달랐다. 사랑하는 자식을 보는 눈이었다.

"하지만 죽이고 나서 굉장히 후회했어. 왜냐하면 나는 이제 폭력 남편을 내조하면서 사는 갸륵한 아내도, 병에 걸린 딸을 돌보는 다정한 어머니도 아니게 되어 버렸으니까. 그랬더니 그분께서 나타나셨어."

피를 나눠 주고, 심정을 이해해 줬다.

너는 틀림없이 강한 도깨비가 되리라고 말씀해 주셨다.

그러기 위해서는 인간을 수없이 잡아먹으라고.

"내가 도깨비가 되고 나서 바로 먹은 게 뭐였을까? 바로 사에의 시신이야."

'…윽!'

마사치카의 상상대로였다. 역겨움과 소녀를 향한 동정심이 밀려와서 두 주먹을 꽉 쥐었다.

우부메는 황홀한 표정을 지었다.

"그런 뒤에 아이들을 잔뜩 납치해서 잡아먹었어. 내 배 속으로 돌려보내서 내 아이로 삼아 줬지. 나는 이 저택에서 사랑하는 아이들과 행복한 가정을 이룰 수 있었어."

거기서 잠시 말을 멈춘 도깨비는 마사치카를 흘겨보며 말했다.

"부모에게 사랑받지 못한 아이나 상처를 받은 아이는 마음속을 파고들기가 아주 쉬워. 실제로 죽기 직전까지 날 사랑하고, 나한테 매달리고, 고마워한 아이도 있었어. 정말 기쁘더라. 행복했어. 그러니까 내가 원하는 건 그쪽의 그 올곧은 눈빛을 한 아이가 아니라 너야, 사네미."

말을 마칠 때쯤 우부메가 다시 사네미 쪽으로 시선을 돌렸다. 핏빛의 두 눈이 상냥하기 그지없는 미소를 지어냈다.

"너는 상처투성이구나. 몸뿐만 아니라 마음도. 부모에게 심한 학대를 당한 아이라는 걸 한눈에 알았단다. 나는 있지, 불쌍한 너를 보듬어 주고 싶어. 사랑해 주고 싶어."

그 순간, 마사치카의 머리로 피가 확 몰렸다. 닥치라고 소리칠 여유조차도 없이 하현1을 향해 혼신의 힘으로 기술을 펼쳤다.

"바람의 호흡 제3형, 청람풍수."

우부메는 마사치카가 날린 참격을 한 팔로 쳐내려 했지만, 기술의 위력이 도깨비의 육체의 강도를 아득히 웃돌았다.

우부메의 왼팔이 어깨부터 떨어져서 방바닥에 데굴데굴 굴렀다.

붉은 눈이 떨어진 팔을 냉담하게 바라본 다음 다시 마사치카 쪽으로 돌아왔다. 마사치카는 그 붉은 눈동자를 쏘아봤다.

격앙된 감정을 꾹 억누른 목소리로 말했다.

"사네미는 불쌍하지 않아…. 사네미의 엄마는 진심으로 이 녀석을, 자식들을 사랑하셨어."

언성을 높이지 않은 것은 분노 외에도 온갖 감정이 흘러넘친 탓이었다.

분하고 분해서 견딜 수 없었다.

이 친구가 어떻게 살아왔는지도 모르는 주제에.

사실은 누구보다도 착한 이 남자가 어떤 마음으로, 자신을 상처 입히면서 살아왔는지 알지도 못하는 주제에.

"아무것도 모르는 도깨비인 네가… 이 녀석의 추억을 더럽히지 마."

"…괜찮아, 마사치카."

화가 나서 부르르 떠는 마사치카의 어깨에 사네미의 손이 닿았다. 그 손바닥의 따스함에 마사치카의 격정이 빠르게 사그라졌다.

"사네미…."

"왜 네가 그런 표정을 짓는데?"

사네미는 그렇게 말하며 씁쓸하게 웃었다.

"넌 너무 좋은 환경에서 자라서 그래. 나는 아버지를 포함해서, 당연한 듯이 늘어놓는 놈들의 이런 황당한 지론을 귀에 딱지가 앉도록 들었어. 진지하게 들어 주지 마."

타이르는 듯한 사네미의 말투는 몹시 부드러웠다.

"나는 내 자신이 불쌍하다고 생각한 적은 없어."

"······."

마사치카는 말없이 고개를 끄덕였다.

친구의 다정한 목소리와 표정이 한층 더 애달프게 느껴졌다.

어금니를 꽉 깨물었다.

"···너도 똑똑히 들었지?"

사네미가 일륜도 끝을 한 팔만 남은 도깨비에게 겨눴다.

"내가 가엾은 아이가 아니라서 아쉽게 됐네. 자기가 엄청 자애로운 줄 아는 추한 도깨비 여자야."

"어쩐지 뜻대로 안 돌아간다 했어. 정말 아쉽다. 우리는 아주 좋은 모자(母子)가 될 거라 믿었는데."

우부메가 주눅 드는 기색도 없이 웃었다.

헛소리 작작 하라며 사네미가 위협했다.

"이제 끝이다. 지금이라면 네놈을 얼마든지 공격할 수 있어."

"그래, 공격은 할 수 있겠지."

우부메는 그렇게 말하더니, 바닥에 떨어진 팔을 보란 듯이 주워들어서 절단 부위에 슥 갖다 댔다. 눈 깜짝할 사이에 새살이 돋아나서 잘렸던 팔이 다시 붙었다.

소름이 끼칠 정도로 빠른 재생 속도였다. 마사치카가 이제까지 대치해 왔던 그 어떤 도깨비보다도 빨랐다.

"하지만 그래서 어쨌다고? 나는 몇 번이든 재생할 수 있거든? 도깨비니까. 너희 인간은 어떨까?"

"그럼, 재생 속도가 따라가지 못할 때까지 네놈을 잘게 다져 주면 되지!"

냉랭하게 웃은 사네미가 기술을 연발했다.

제1형, 제2형, 제3형, 제4형, 제5형.

연속으로 기술을 꺼냈다.

우부메는 어떤 때는 피하고, 어떤 때는 그 공격을 받았다.

마사치카가 조력하려고 자세를 취하자,

"마사치카!"

"?!"

사네미가 눈짓으로 마사치카에게 뭔가를 지시했다.

시선을 따라가자 우부메에게 납치된 아이들이 보였다. 바닥 위에 힘없이 쓰러져 있었다.

친구의 의중을 파악한 마사치카가 둘을 양 옆구리에 끼고

안아 올렸다. 재빨리 방구석으로 이동해서 아이들을 벽에 기대어 앉혔다.

여기라면 전투에 휩쓸릴 우려도 없다.

불상사가 생기더라도 지켜 줄 수 있다.

소년은 12살쯤, 소녀는 10살이 될까 말까 한 나이일까. 쇠약해진 모습이 안쓰러웠다.

"반드시 구해 줄 테니까 조금만 더 힘내."

"…혀… 형…아…."

말을 걸자 소년 쪽이 움푹 들어간 눈으로 이쪽을 바라봤다.

반사적으로 마사치카의 어깨에 힘이 들어갔다.

"구…해…줄 거야?"

"…응."

짧게 대답하자,

"고마…워…."

소년의 눈꼬리에서 눈물이 흘러내렸다.

비정상적으로 야위어서 흙빛을 띠는 뺨이 애처로웠다. 옆에 앉은 소녀는 마음이 죽어 버렸는지, 멍하니 허공을 응시한 채 미동조차 없었다.

어금니를 뿌드득 갈았다.

'제기랄, 이렇게 어린 아이들을….'

마사치카는 자신의 가슴속에 광폭하기까지 한 분노가 끓어
오르는 것을 느꼈다.

"…둘 다 여기 있어. 어디 가지 말고."

아이들에게 그렇게 말한 다음 마사치카는 일륜도의 칼자루
를 꽉 쥐었다.

마사치카가 격노한다.

사네미는 쉴 새 없이 기술을 꺼내면서 옆에서 싸우는 친구
를 언뜻 쳐다봤다.

평상시 마사치카는 한없이 밝고 겉으로는 굉장히 단순해 보
이면서도 영리하고 냉철한 남자다. 격정이 부채질하는 대로
움직이는 남자는 아니었다.

그런 친구가 이렇게까지 노골적으로 분노를 드러내는 모습

을 사네미는 처음 봤다.

아마도 이 도깨비의 언동이 마사치카의 역린을 건드렸으리라.

그렇지만,

'분노에 몸을 맡겨서 주변이 보이지 않게 되는 건…. 아, 꼭 그렇지도 않군.'

처음 보는 모습이라 사네미는 혹시나 그가 체력을 헛되이 소모하는 것은 아닌지 걱정했으나, 오히려 마사치카의 검격은 평소 이상으로 예리하고 냉정했다.

사네미의 작은 동작만 보고도 다음에 꺼낼 기술을 재빨리 읽어 내서 서로 베지 않게끔 세심한 주의를 기울였다.

그야말로 물 흐르는 듯한 마사치카의 움직임을 보면서,

'괜히 네가 내 사형이 아니라는 거냐.'

사네미가 슬며시 입꼬리를 올렸다.

"사네미! 목이야! 넌 목만 노려!!"

"어. 얼른 뒈져!! 망할 자식아!"

"나 참… 끈질긴 아이들이네."

호흡이 척척 맞는 맹공을 앞에 두고 우부메의 얼굴에 처음으로 초조함이 엿보였다. 다음 순간, 도깨비 여자는 눈 깜짝

할 사이에 사네미의 코앞까지 접근했다.

"윽!"

도깨비의 다리가 사네미의 턱까지 뻗어 왔다.

재빨리 뒤쪽으로 몸을 날려서 피했으나 발차기의 풍압이 울대뼈를 약간 압박해서 무심코 얼굴을 찌푸리는데, 곧장 이어지는 공격이 명치를 스쳤다.

순간 호흡이 정지하고 몸이 뒤쪽으로 날아가 방바닥에 등부터 떨어졌다. 바로 거센 기침이 터져 나왔다.

"사네미!!"

마사치카가 친구의 이름을 외치면서 우부메에게 달려들었다.

"바람의 호흡 제3형, 청람풍수."

우부메는 휘둘러진 칼날을 피하지 않았다. 일부러 칼을 맞으면서 마사치카의 관자놀이를 걷어찼다. 간발의 차이로 피하긴 했으나, 관자놀이의 피부가 찢어져서 피가 흘렀다.

"윽….'

뇌진탕을 일으킨 마사치카의 몸이 휘청거렸다. 무방비해진 복부를 도깨비의 손이 꿰뚫으려 했지만, 마사치카는 아슬아슬하게 피했다. 도깨비의 손날이 마사치카의 옆구리를 스치면서 살을 도려냈다.

"!! 크악!!"

마사치카의 얼굴이 격통으로 일그러졌다.

우부메가 손에 묻은 마사치카의 피를 맛있다는 듯이 핥았다.

"나는 말이야, 아이들을 잔뜩 잡아먹었어. 그중에는 희혈을 가진 아이도 있었지. 이능력에 의존하지 않아도 충분히 강해."

"으…윽…."

마사치카는 바닥에 무릎을 짚은 채 움직이지 못했다. 호흡을 사용해 상처 부위를 지혈 중인 것이다. 우부메의 손이 그의 목덜미를 향해 뻗었다.

"마사치카아아아!!"

사네미가 친구의 이름을 부르면서 우부메에게 달려들었다.

"바람의 호흡 제4…."

기술을 펼치려던 순간, 조금 전에 다친 목의 상처가 벌어졌다. 선혈이 뿜어져 나오고 다시 심하게 기침했다. 목 안쪽이 손상됐으리라. 기침하면서 대량의 피를 토했다. 방바닥이 붉게 물들었다.

그러자 우부메가 움직임을 멈췄다.

가냘픈 몸을 부르르 떨더니,

"뭐지? 이건…."

이라고 중얼거렸다.

뭔가를 찾듯이 이리저리 헤매던 시선이 입과 목에서 피를 흘리는 사네미에게 고정됐다.

도깨비가 경악하며 두 눈을 부릅떴다.

"희혈? 너, 희혈 맞지?"

우부메의 새하얀 뺨이 서서히 홍조를 띠기 시작했다.

이윽고 황홀경에 빠진 그녀의 두 눈이 사르르 풀렸다.

"…그것도 아주 보기 드문… 100명분? 아니, 이 피에는 더 큰 가치가 있어."

우부메는 열에 들뜬 것처럼 그렇게 말하더니 조금 전과는 완전히 다른 사람이 된 듯 느릿느릿 걸어서 사네미에게 다가 갔다.

숨통을 완전히 끊으려던 마사치카는 이제 눈에 들어오지도 않았다.

붉게 물든 뺨에 자애 넘치는 미소가 떠올랐다.

"아아… 사네미. 너는 역시 내 것이야. 귀여운 아이. 사랑한 단다. 세상에서 제일 좋아해. 사네미, 다시는 절대로 널 다치 게 하지 않아. 그러니까 나와 함께 영원히…."

거기까지 말한 순간, 도깨비의 몸에 이변이 일어났다.

두 손으로 머리를 감싸 쥐더니 그 자리에 웅크려 앉아 부들부들 떨었다.

"뭐지…? 어…째서… 몸이."

'핫! 특제 희혈에 정신이 나갔군.'

입가의 피를 손등으로 닦으면서 사네미가 안도의 한숨을 내쉬었다.

지금까지의 경험에 따르면, 희혈은 도깨비가 강하면 강할수록 효력이 좋았다.

상대가 하현1이라면 그 효과는 상당할 것이 분명했다.

"왜… 이러…는…. 이렇게까지 강한 피라니…."

양손으로 머리를 감싼 우부메가 거친 호흡을 반복했다. 이 기회를 놓쳐서는 안 된다. 사네미가 부상의 통증을 꾹 참고 조금 전 불발로 돌아갔던 기술을 다시 도깨비에게 펼쳤다.

무수한 바람의 참격이 모래 먼지처럼 도깨비의 몸을 덮쳤다.

"큭…."

우부메는 심하게 취한 상태임에도 겨우겨우 그 공격들을 피했다.

그때, 이미 옆구리의 지혈을 마친 마사치카가 칼을 다잡았다.

"이걸로 끝이다. 지옥에서 사에와 지금까지 죽인 아이들에게 사죄해!!"

사네미의 눈에, 허공에 아름다운 호를 그리는 친구의 칼날이 비쳤다.

"바람의 호흡 제3형, 청람풍…."

이 거리라면, 마사치카의 실력이라면 틀림없이 도깨비의 목을 벨 수 있었다.

사네미가 승리를 확신한 찰나….

"그만둬!!"

피를 토하는 듯한 비명이 울려 퍼졌다.

소리가 나는 곳을 보니 소녀가 우부메 쪽으로 달려가 떨리는 양팔을 벌려서 마사치카 앞을 가로막았다. 눈물을 담은 소녀의 두 눈이 마사치카를 응시했다.

"…어머니를… 괴롭히지 마."

"뭐…? ……?! 윽!"

마사치카가 간발의 차로 기술의 궤도를 눈앞의 소녀에게서 빗나가게 했다.

바람의 참격은 종이 한 장 차이로 소녀를 피했다. 그러나 자세가 무너진 마사치카의 호흡이 아주 약간 흐트러졌다.

그 순간, 도깨비는 마사치카와 소녀 모두를 죽일 공격을 펼쳤다. 소녀의 생명을 최우선으로 하고 지켜 내느라 무방비해진 마사치카의 복부는 도깨비의 한 팔에 관통당했다.

마사치카의 몸이 떨리고 선혈을 울컥 토해 냈다.

"…저 아이도 함께 베었다면 좋았을 것을."

"윽… 아…."

"바보 같은 아이구나."

마사치카의 손에서 일륜도가 떨어지고, 그 역시 그 자리에 쓰러졌다.

차가운 눈길로 그 모습을 흘겨보는 우부메의 목을 사네미의 칼날이 소리도 없이 베었다.

둔탁한 소리를 내면서 여자의 머리가 방바닥 위를 굴렀다.

다친 사네미의 목 안쪽에서 짐승 같은 포효가 새어 나왔다.

가늠 길 없는 분노와 속절없는 허무함이 그의 몸을 가득 메웠다.

목과 몸이 절단된 도깨비는 여전히 작위적인 미소를 남긴 채 먼지가 되어 사라졌다.

❋

그 후, 아이들은 사후처리를 위해 찾아온 은(隱)의 보호를 받으며 안전한 곳으로 보내졌다.

사네미는 그 자리에서 치료를 받았지만, 마사치카는 겨우 의식을 되찾기는 했어도 더는 손쓸 도리가 없었다. 이송 도중에 죽는 것보다는…이라며 방에 조심스럽게 뉘어졌다.

친구 옆에 사네미가 주저앉았다

은 대원 중 하나가 겁내면서도 말을 걸어왔다.

"시나즈가와 님. 시나즈가와 님의 출혈도 상당히 심하신 터라…."

"이 정도는 아무것도 아냐. 내버려 둬."

"아뇨, 그럴 수는 없습니다. 갈비뼈도 부러지셨고, 목의 손상도 제가 봤을 때는… 지금 즉시 나비 저택에서 치료를 받으실 것을 권합니다. 그렇지 않으면 최악의 경우 두 분 모두."

"시끄러워."

은을 노려보면서 그다음 말을 못 하게 막자,

"정말로 괜찮으신 거죠? 단언하실 수 있습니까?"

라고 다른 은이 말했다. 졸려 보이는 눈을 한 젊은 남성 은이었다. 사네미가 말없이 끄덕였다.

"그렇다고 한다. 철수한다."

"하지만 고토…."

더욱 언성이 높아지려 하는 동료에게,

"목숨을 걸고 도깨비와 싸워 주신 건 이분들이잖아. 심정 정도는 이해해 드려."

의외로 단호한 말투로 그렇게 말하고는 동료를 재촉해서 저택 밖으로 나갔다.

피비린내를 없애기 위해 향이 피워진 방 안에 사네미와 마사치카 둘만 남겨졌다.

"…사네…미…."

희미하게 의식이 돌아온 친구가 갈라진 목소리로 말했다.

얼굴이 종이처럼 창백했다.

"그 아이는… 그 아이들은."

"둘 다 무사해."

사네미는 그렇게 대답하면서 상체만 일으켜 세웠다. 마사치카의 몸은 몹시 차가웠다. 그 차가움이 친구의 몸에서 점점 생명의 등불이 사라져 간다는 증거 같아서 사네미는 큰 소리로 울부짖고 싶은 충동에 사로잡혔다. 그걸 힘겹게 억눌렀다.

"은 녀석들이 잘 챙겨서 나비 저택으로 데려갔어."

마사치카는 진심으로 안도한 듯이 웃었다.

"다행…이다…. 사네미, 넌…?"

"당연히 무사하지."

이런 상황에서까지 아이들과 사제를 걱정하는 마사치카를 보며 사네미는 어금니가 삐걱거릴 정도로 꽉 깨물었다. 목 안쪽이 타는 것처럼 뜨거웠다.

소년은 구출된 것을 기뻐하며 울었지만, 소녀는 망연자실해져서는 은이 말을 걸어도 아무런 대답이 없었다.

연인을 남겨 두고 왔기 때문에 죽기 싫다며 울며 매달린 직후, 역시 어머니를 배신할 수는 없다고 스스로 목을 벤 우라가와 같았다.

　마지막 순간까지 우부메를… 모친을 끝내 버리지 못한 동기와 마찬가지로 소녀 역시 가짜 어머니일지라도 사랑하고 사랑받고 싶다고 소망한 것이리라.

　앞으로의 삶을 생각하면 암담해졌지만,

　"그 아이라면… 괜찮을 거야."

　사네미의 마음을 읽은 것처럼 마사치카가 쉰 목소리로 속삭였다.

　"공포를… 계속해서 주입한 탓에 도깨비의 지배로부…터 달아나지 못했을 뿐이야…. 시간이 걸리겠지…. 그래도 분명 원래대로 돌아올 거야."

　너무나 이 남자다운 말에 눈시울이 서서히 뜨거워졌다.

　"이런 때까지 남 걱정이나 하기냐? 이 멍청이 사형 같으니."

　차오르는 눈물을 참기 위해 떨리는 목소리로 그렇게 말하자, 마사치카가 눈이 부신 듯 눈을 가늘게 떴다.

　"있잖…아, 사네미…."

　"어?"

　"내가… 없더라도."

　마사치카의 목소리는 이제는 거의 날숨처럼 들릴 뿐이었다.

"밥 꼭 챙겨 먹어…. 푹 자고, 다른 대원하고도 친하게… 지내야 한다…?"

"……."

"반드시 네… 인생을… 살아."

"…어."

사네미가 짧게 대답했다. 그 이상 말하면 분명 눈물이 흘러넘치고 만다. 죽지 말아 달라고 볼썽사납게 울부짖고 말 것이다.

그런 사네미의 얼굴을 올려다보며 마사치카가 웃었다.

이 세상에서 가장 다정한 미소라고 생각했다.

처음에는 짜증 났던 이 미소가 지금은 너무 좋았다. 이 미소가 자신을 몇 차례나 구원하고 살렸다.

마사치카가 있었기에 아슬아슬하게 참고 견딜 수 있었다.

사람으로서 살아갈 수 있었다.

'이렇게 좋은 녀석이, 착한 녀석이… 왜 죽어야 하냐고.'

도깨비를 감싼 소녀를 함께 죽이는 걸 거부했기 때문에?

그런 부조리가 있어도 된다는 말인가.

신이 존재한다면 제발 이 녀석을 살려 달라고, 그렇게 외치며 하늘을 올려다보고 싶었다.

이 남자는 자신보다 훨씬 착한 남자다.

훨씬, 훨씬 강한 남자다.

앞으로도 수많은 사람을 구하고 모두를 행복하게 해 줄 수 있는 남자란 말이다.

"뒷일은… 맡길게…. 사네미… 죽지 마…."

"…마사치카."

"…행복하…게…."

마사치카의 눈이 천천히 빛을 잃었다.

"마사치카아아아아…."

사네미는 친구의 시신을 껴안고 목소리를 죽인 채 울고 또 울었다.

귀살대 대원 쿠메노 마사치카는 어린 나이에 도깨비 손에 죽은 남동생과 같은 무덤에 잠들어 있다.

친구의 무덤 앞에 사네미가 꽃과 팥떡을 공양했다.

약간의 습기를 머금은 바람이 새하얀 공양화를 살랑살랑 흔들었다. 선향의 향기가 하늘을 향해 세로로 쭉 뻗어 올랐다.

"결국 나는 너에 대해서… 아는 게 거의 없었더라."

동생이 있었다는 사실도.

그 동생이 눈앞에서 도깨비에게 살해당했던 것도.

단 한 번도 자신에게 동생 죽음의 책임을 묻지 않았던 부모님을 대신해서 스스로가 자책해 왔다는 것도.

울며 말리는 모친을 뿌리치고 모든 것을 버릴 각오로 귀살대에 들어온 것도.

아무것도 모르면서, 밝고 온화한 그의 겉모습만 보고 풍족하게 살아온 사람 좋고 태평한 남자라고 믿어 왔다.

마사치카의 안에도 도깨비를 향한 깊은 증오가, 사라지지 않는 분노가 있었던 것이다.

그러나 마사치카는 견고한 다정함으로 그걸 꽁꽁 감춰서 그 누구도, 사네미조차도 눈치채지 못하게 했다.

우부메와 싸울 때 마사치카가 격렬하게 분노한 것은 상처입은 아이들에게서 죽은 동생을 겹쳐보고 감정을 억누를 수 없어진 탓이리라.

큰 어르신에게 받은 마사치카의 유서에는 사네미가 모르는 친구의 모습이 있었다.

"…너에게는 내가 동생으로 보였던 거로군."

어쩐지 툭하면 사형임을 강조하며 형님 행세를 한다 했다.

사네미로서는 나이 차이가 별로 안 나기도 하고, 오히려 손이 가는 동생처럼 보일 때도 있었는데….

사네미의 입가에 부드러운 미소가 떠올랐다.

"넌 정말 참견 많고 잔소리 심한 형님이었어."

놀리는 말투로 말하자 무덤 앞에 핀 백일홍이 깔깔 웃는 것처럼 흔들렸다.

'사네미, 소고기 전골 먹으러 가자.'

'사네미, 팥떡 사 왔어. 녹차 끓여 줘.'

'젠장~ 또 졌다…. 너 진짜 최근 들어 건방져! 조금은 형님 체면을 살려 달라고!!'

'아아~ 그렇게 무서운 표정만 지으면 여자들이 싫어한다?'

'사네미, 장수풍뎅이 잡아 왔다. 수박 좀 잘라 줘. 내가 먹을 것도 같이.'

'반드시 네… 인생을… 살아.'

마사치카는 사네미에게 자신의 인생을 포기하지 말라고 했
다.

하지만 마사치카의 인생은 어땠을까.

행복한 것이었을까?

사네미는 한참을 말없이 죽은 친구와의 추억에 잠겨 있었지
만,

"…있잖아, 마사치카."

라고 중얼거렸다.

"내 멍청한 동생이 하필이면 귀살대에 들어왔어."

사네미의 목소리에 분노와 초조함이 섞이고, 백일홍의 꽃송
이가 걱정스러운 듯 흔들렸다.

사네미는 눈을 가늘게 떴다.

사네미에게 겐야는 처음 생긴 동생이다.

형이 된 그날, 작디작은 손을 조심스레 쥐자 꼭 아기 원숭이
같은 얼굴을 한 갓난아기가 아직 뜨지도 못한 눈으로 웃은 듯

한 기분이 들었다.

가슴속 깊은 곳이 따스한 감정으로 가득 찼다.

그 작은 동생을 언제 어느 때든 지켜 주겠다고 마음먹었다.

그 뒤로 다른 남동생들과 여동생들이 태어났고, 언제부턴가 겐야는 사네미의 든든한 버팀목이 되었다. 둘이서 엄마를 돕고 동생들을 지키자고 함께 맹세했다.

그래도 역시 사네미가 보기에 겐야는 어린 동생이었다.

도깨비로 변한 엄마를 죽인 날, 홀로 살아남아 준 동생은 울면서 사네미를 '살인자'라고 불렀다.

바보 같은 동생은 그 일을 아직도 후회한다.

그딴 건 아무렇지도 않다.

겐야가 퍼붓는 그 어떤 말도 사네미를 상처 입히지 않는다.

겐야가 살아 있어 주는 것이, 행복하게 지내 주는 것이 사네미에게는 유일한 행복이자, 소망이며, 삶의 의미이기 때문이다.

"아무리 원망해도 나는 그 녀석을 인정 못 해. 도깨비 사냥 따위 반드시 그만두게 할 거야."

거기서 말을 멈추고 고개를 숙였던 사네미가 질문을 툭 던

졌다.

"마사치카… 난 틀리지 않았지?"

대답은 없었다.

그저 바람만 불었다.

죽은 친구가 살아 있다면 뭐라고 말해 줬을까.

자신을 동생처럼 여기고, 밝게 빛나는 내일을 살아가기를 빌어 준 그 남자라면.

'너라면 분명히 '바보 자식'이라고 말하겠지.'

누구보다도 사람이 좋고 착한 너라면.

동생의 심정도 헤아려 줘, 우리가 이끌어서 키워 주면 되잖아, 라고.

환하게 웃으며 그렇게 대답할 것이다.

"그치만 나한테는 이러는 것밖에는 달리 방법이 없다고…."

마사치카는 착해서 죽었다.

누구보다도 착했으니까. 그 다정함이 친구의 목숨을 빼앗았다.

겐야도 착한 녀석이니까, 자기 외의 다른 사람을, 동료를 감싸려고 할 녀석이니까.

그 다정함이 동생의 목숨을 빼앗을 바에야, 자신은 아무리 원망과 미움을 받든 상관없었다.

'난 코쿄우와는 달라.'

동생을 받아들여서 함께 싸우는 짓은 못 한다.

무슨 짓을 해서라도 그 녀석을 지키고 싶으니까.

거절하는 것 외에 그 녀석을 지킬 방법을 모르니까.

사네미는 한참 동안 그곳에서 말없이 앉아 있다가 이윽고 몸을 일으켰다.

바람이 사네미의 머리카락을, 공양화를 살며시 흔들었다.

"…또 보자."

온화한 목소리로 인사한 다음, 등에 '살(殺)' 자를 짊어진 바람(風)의 주는 친구의 무덤을 뒤로 했다.

서서히 멀어졌다.

옛 친구를 그리워한다는 꽃말을 지닌 꽃이 흔들렸다.

그저 바람만 불고 있었다….

제 2 화

하가네즈카 호타루의
맞선

하가네즈카 호타루는 솜씨 좋은 도공이다.

하가네즈카 가에 대대로 내려오는 연마 기술은 물론, 누구
보다도 칼을 사랑했다.

그러나 인간성에는 상당히 문제가 있는 인물이었다.

겨우 2살 나이에 그 유난스러운 성격으로 부모를 노이로제
에 걸리게 만든 이후, 자신이 담당하는 검사 소년에게 "죽여
버리겠어!!", "만 번 죽어야 마땅해!!" 등등의 욕설을 퍼부으며
식칼을 들고 뒤쫓거나, 동업자 소년의 목을 조르거나, 주(柱)
소년을 때리는 등, 그 방약무인한 행동은 주변 사람 모두가 아
는 사실이었다….

"호타루 녀석을 어떡하면 좋을꼬."

사랑방의 상석에 오도카니 앉은 텟치카와하라 텟친은 간장 경단을 집어먹으면서 깊은 한숨을 푹 쉬었다.

참고로 이 간장 경단은 카마도 탄지로 대원이 하가네즈카에게 보낸 선물이었다. 불면불휴의 연마를 방해받아 처음부터 다시 갈아야 했던 것에 격노한 하가네즈카가 "넌 앞으로 죽을 때까지 나한테 경단을 갖다 바쳐야 해."라고 자기 쪽에서 요구했다는 모양이다.

그걸 순순히 들어주는 탄지로는 정말이지 갸륵한 아이다.

그리고 15세 어린아이를 등쳐먹는 37세 남성….

하가네즈카에게 이름을 붙여 주고 손수 기르기까지 한 텟친은 어깨를 추욱 늘어뜨렸다.

"내가 잘못 기른 탓일까?"

"아뇨, 아뇨. 마흔이 가까운 남자한테 이제 와서 육아 방식을 따지는 것도 우습죠."

카나모리가 차를 따르면서 태평하게 말했다.

"안 그래? 코테츠 소년."

자신에게 질문의 화살이 날아오자 코테츠는 경단 접시에서 고개를 들었다.

"네. 다른 사람들이랑 잘 못 지내는 것도, 다혈질에 성격이 비뚤어진 것도 전부 다 하가네즈카 씨 본인의 문제니까 신경 쓰실 필요 없어요."

"그렇기는 해도 역시 책임감이 느껴진단 말이지~"

라고 말하며 텟친이 어린아이처럼 자그마한 어깨를 으쓱였다.

"조금만 둥글둥글해졌으면 좋겠는데, 뭐 좋은 생각 없는가?"

"없네요."

코테츠가 쌀쌀맞게 대답했다.

"그 사람을 어떻게 하기보다는 곰에게 재주 부리는 법을 가르치는 편이 훨씬 편할 게 틀림없어요."

한편, 나이를 먹은 만큼 인생 경험도 풍부한 카나모리는 "…뭐가 좋을까요."라며 연신 고개를 갸웃거렸다. 그러고는,

"맞선을 보게 하면 어떨까요?"

라고 느릿느릿 말했다.

카나모리가 발안한 '이쯤에서 가정을 꾸리게 해 하가네즈카 씨를 조금이라도 제대로 된 인간으로 만드는 작전!'은 텟친의 열성적인 뒷받침도 한몫해서, 뜻밖에도 일사천리로 진행됐다.

당초 맞선 따위 싫다고 길길이 날뛰는 건 아닐지… 우려됐던 하가네즈카 본인도 기묘하게 몸을 실룩거리고 배배 꼬기는 했지만, 아주 마음에 없는 것만은 아닌 기색으로 승낙했으므로 하가네즈카 호타루의 맞선은 가장 가까운 길일에 결행하는 것으로 정해졌다.

그리고 오늘이 바로 그 길일이다.

발안자인 카나모리와 코테츠 두 사람은 맞선 장소인 고급 요릿집 정원에 잠복해 있었다. 물론 맞선을 훔쳐보기 위함이었다.

마을에 귀살대와 관련이 없는 인물을 들일 수는 없었다. 그러므로 마을에서 적당히 떨어진 번화가의, 정원이 아름답기로 유명한 오래된 요릿집이 선택됐다. 가게를 고른 사람은 카나모리였기에 몰래 숨어들어오는 것도 수월했다.

10평은 족히 넘을 넓은 객실 중앙에 마주 앉은 남녀가 보였다. 두말할 필요도 없이 하가네즈카 호타루와 그의 맞선 상대였다. 두 사람 사이에 작은 체구의 텟친이 마치 장식품처럼 가만히 앉아 있었다.

　화사하게 차려입은 젊은 여성은 의외로 상당히 귀여웠다. 늘씬한 몸매에 화려한 모란 문양이 잘 어울렸다.

　"엄청 예쁘네요. 열 받아."

　"이야~ 저건 수장님의 취향이 한껏 반영됐네. 얼굴도 칸로지 씨를 꼭 닮았잖아."

　맞선 상대는 텟친이 심사숙고해서 골랐다고 했다. 항상 태연자약하면서도 때로는 놀라울 정도의 위압감을 보이는 수장이지만, 여성과 관련된 일이면 순식간에 속물로 돌변했다.

　"저렇게 예쁜 사람이 용케 저런 양반이랑 맞선을 볼 생각을 했네요."

　"하가네즈카 씨는 얼굴만 따지면 미남이니까. 맞선 약속이야 맞선용 사진으로 얼마든지 잡을 수 있겠지."

　"결국은 얼굴이라는 건가."

　"아니, 코테츠 소년. 중요한 건 사랑이야, 사랑."

　지금의 아내에게 첫눈에 반해서 결혼한 카나모리는 마을에서도 1, 2위를 다투는 애처가였다. 당장이라도 사랑하는 아내를 향한 마음을 목에 핏대를 세우며 늘어놓을 것 같았다.

그러는 동안에도 객실에서는 순조롭게 맞선이 진행 중이었다.

"저어, 하가네즈카 씨의 취미는 뭔가요?"

"…칼을 벼리는 것입니다."

정원에 설치된 대나무 물레방아가 카앙 하고 듣기 좋은 소리를 냈다.

"호타루 씨라고 하는군요. 멋진 이름이에요."

"…고맙습니다."

"그렇지? 내가 지어 준 이름이란다. 그런데 얘는 너무 귀엽다고 불평만 쏟아낸다니까?"

"우후후. 분명 쑥스러워서 그러실 거예요."

다시 대나무 물레방아 소리가 났다.

"저는 요리가 취미예요. 좋아하는 요리를 알려 주시겠어요?"

"…간장 경단."

다시 한번, 물레방아의 카랑카랑한 소리가 울려 퍼졌다.

"휴일엔 뭘 하고 보내시나요?"

"…간장 경단을 먹습니다."

"어머나, 간장 경단을 정말 좋아하시는군요."

"…매일 먹고 싶어요."

"귀여운 분이시네요, 하가네즈카 씨는."

결정타를 날리듯이 대나무 물레방아가 카앙 소리를 냈다.

"얼레? 그렇게 나쁜 분위기도 아니지? 그나저나 물레방아 소리 엄청 시끄럽네!"

"확실히, 상상한 것보다는 아주 좋은 편이에요."

"그렇지? 꽤 좋은 분위기지? 근데 저 녀석은 말수가 왜 저렇게 없어? 심지어 목소리도 개미만 해!!"

"긴장해서 그럴까요? 어째 자꾸만 주뼛거리는 것이…. 다 큰 남자가 저러니까 기분 나쁘네요."

"오로지 칼만 바라보며 살아온 사람이니까. 의외로 순진한 거야. 적어도 지금으로서는 하가네즈카 씨가 기행을 보이지도 않았고, 여자분도 호의적이야. 이거 어쩌면, 어쩌면 혼담이 성사될지도 모르겠어."

카나모리가 마치 자신의 일처럼 흥분했다.

"그럼 이제부터는 둘이서 오붓하게 정원 산책이라도 하고 오면 어떻겠니?"

수장이 이런 상황의 단골 대사를 말하며 그 자리를 일단 정리하자 맞선 장소는 정원으로 옮겨졌다.

오뚝이 가면을 쓴 우람한 체격의 남자와 아름다운 묘령의 아가씨가 정원을 나란히 거닐었다. 뭐라고 표현하기가 어려운 광경이었다.

"하가네즈카 씨는 말수가 적은 편이신가 봐요."

"…아, 네."

"저는 말수가 적은 남자분이 멋있더라고요. 사려 깊고 다정하다는 느낌이 들어서요."

"…그런가요."

"다음에 간장 경단을 만들어 올게요."

"네, 부디."

여전히 하가네즈카는 말이 거의 없고, 유난히 목소리가 작았다. 대화 내용도 대부분이 간장 경단 이야기였다. 하지만 두 사람 사이에 감도는 분위기는 결코 나쁘지 않았다.

"이건 기적이야, 코테츠 소년."

두 사람에게 들키지 않도록 한층 더 목소리를 낮춘 카나모리가 눈물을 닦는 시늉을 했다.

"하가네즈카 씨에게도 드디어 봄이 오는구나~"

"아, 여자분이 먼저 손을 잡으려고 다가가요!! 으아, 하가네즈카 씨가 문어처럼 꿈틀거려!"

"아~ 저건 쑥스러워서 그래."

"저게 쑥스러워하는 거라고요?! 징그러워!"

"소년 말대로 상당히 징그러운 모습이지만 지금은 이 기적이 마지막까지 계속되기를 기도하자고."

카나모리가 연장자답게 조용히 코테츠를 타일렀다.

그런 두 사람이 숨어 있는 거목 곁으로 하가네즈카와 맞선 상대가 다가왔다. 코테츠와 카나모리는 최대한으로 몸을 웅크리고 숨소리를 죽였다.

두 사람의 걸음이 멈췄다.

여성이 새삼 격식을 차리면서,

"…하가네즈카 씨."

라고 말문을 열었다.

"하나 부탁드릴 게 있어요."

뭔가를 결의한 듯한 진지한 말투였다.

"…네, 네에."

긴장한 나머지 하가네즈카의 어깨가 펄쩍 튀어 올랐다.

드디어 본론에 들어가는구나 싶어서 나무 뒤에 숨은 두 사람도 마른침을 삼켰다.

"하가네즈카 씨가 도공이라는 직업을 무척이나 소중히 생각하신다는 건 지금까지 나눈 대화를 통해서 충분히 전해졌어요."

"그, 그렇습니까."

하가네즈카의 목소리가 눈에 띄게 밝아졌다. 그러나 여성은

"하지만…."이라고 말을 이었다.

"요즘 시대에 장검은 구닥다리라고 생각해요."

그렇게 말하면서 사랑스럽게 미소 지었다.

"요새 장검은 아무도 안 써요. 그러니까 앞으로는 식칼처럼 좀 더 실생활에 사용되는 도구를 만드시면 어떨까요? 저는 사랑하는 서방님이 장검 같이 야만스러운 물건을 만드는 건 원치 않아요."

당당하게 말하는 여성 앞에서 하가네즈카가 그대로 얼어붙었다.

대화를 엿듣던 코테츠와 카나모리도 그 자리에 굳어 버렸다. 그리고 너 나 할 것 없이 안색이 창백해졌다.

"큰일이다!! 큰일 났어요!! 그런 말은 하면 안 되지!"

누구보다도 칼을 사랑하는 남자 하가네즈카 호타루에게 그 말은 금기어 중의 금기어였다.

최악의 경우, 살인으로까지 발전할 가능성이 있었다.

그런 일이 벌어진다면 도공 마을은 끝장이다.

"코테츠 소년, 유사시에는 상대 여자분을 데리고 도망쳐 줘. 나는 하가네즈카 씨의 옆구리를 전력으로 간지럽혀서 활로를 열 테니까."

"알겠어요, 카나모리 씨. 죽으면 안 돼요?"

코테츠와 카나모리 사이에 긴장감이 감돌았다.

하지만 아무리 기다려도 하가네즈카는 고함을 지르지 않았다.

입을 꾹 다물고 서 있는 하가네즈카에게 여성이 "저기… 하가네즈카 씨?"라며 이름을 불렀다.

그러자.

"…그 장검으로."

하가네즈카가 툭 내뱉었다.

"당신이 야만스럽다고 하는 칼로 생판 남을 위해 자신의 목숨을 깎아 가며 싸우는 녀석이 있어."

"…네?"

"만신창이가 되어도 앞을 바라보면서, 어떤 국면에서도 좌절하지 않고 싸워. 그 녀석의 생명을 지킬 칼을 벼리는 것을, 도공이라는 사실을 난 자랑스럽게 생각해."

"……."

"미안하지만 이번 이야기는 없었던 것으로 하고 싶군."

여성이 할 말을 잃었다.

차가운 바람이 두 사람 사이를 갈라놓았다.

하가네즈카는 격앙하지 않았다.

그가 사랑하는 칼을 업신여긴 여성에게 울컥해서 고함을 지르지도 않았다.

그저 조용히 거절했다.

거기에는 도공의 긍지와 어느 검사와의 인연이 확실하게 존재했다.

…이리하여 하가네즈카 호타루의 맞선은 고요히 막을 내렸다.

"인연이 아니었는데 뭐 별수 있나. 다음 기회에 노력해 보려무나."

수장은 좌우지간 긍정적이다.

"어디 보자, 다음에는 어떤 아이를 만나 볼까~?"

벌써부터 맞선용 사진 다발을 넘기며 다음 상대를 고르고 있었다.

"…됐어. …나에게는 칼이 있으니…."

한편, 맞선 이후로 며칠이 지났건만 어른스럽지 못하게 토라져서는 다다미 바닥에 누워 있는 하가네즈카에게,

"덩치도 큰 양반이 널브러져 있지 말아요, 거슬리게."

코테츠는 평소 같은 말투로 독설을 내뱉으면서도 탁자 위에 산더미처럼 쌓인 간장 경단 접시를 슬그머니 내밀었다.

"자요, 탄지로 씨가 또 간장 경단을 보내 줬어요. 이거라도 드시면서 기분 풀어요."

"그래요, 하가네즈카 씨. 마음씨 착한 검사님의 담당이 돼서 잘됐잖습니까. 도공으로서는 과분할 정도로 고마운 일인데."

"흥. 당연히 보내야 할 걸 보낸 거야…. 그 녀석은 내 연마를 헛수고로 만들었어."

"자, 심통 그만 부리고요. 차도 따라드릴 테니까요."

그렇게 말하며 카나모리가 하가네즈카의 찻잔에 차를 따랐다.

그리고는 "우와, 차줄기가 섰어요! 하가네즈카 씨, 이거 아무래도 좋은 일이 생기겠는데요~?"라며 기뻐했다. 확실히,

찰랑이는 찻물 위로 차줄기가 우뚝 서 있었다.

"다음 맞선은 틀림없이 잘 풀릴 거예요."

그러나 기뻐할 줄 알았던 하가네즈카는 어째선지 맹렬하게 성질을 내기 시작했다.

"차줄기가 섰을 때는 아무도 모르게 찻잔을 비워야 하는 법이라고! 어쩔 거야! 행운이 달아났잖아!!"

"네에?!"

"내 다음 맞선이 망하면 전부 이 차 때문이다?! 책임져!"

트집도 이런 트집이 따로 없다. 이쯤 되니 제아무리 온화한 성격의 카나모리도 질릴 대로 질린 기색으로,

"…왜 저렇게 지랄 맞은 성격으로 길러내신 겁니까?"

라며 수장을 질책했다.

"아니, 지난번에는 마흔이 가까운 남자에게 이제 와서 육아 방식을 따지는 것도 우습다고 했으면서."

"네, 제가 그렇게 말한 건 맞는데요, 이건 아니죠. 너무 심해요. 딱 잘라 말해서 쓰레기입니다."

"난 모르는 일이라네~"

텟친이 수양부모로서의 책임을 내던졌다. 오뚝이 가면을 쓴 얼굴이 얄밉게 시선을 피하며 딴청을 부렸다.

코테츠는 어이없어하면서 가면 아래로 한숨을 쉬었다.

'그래도 뭐… 하가네즈카 씨도 사람이 전혀 바뀌지 않은 건 아니니까.'

칼을 모욕한 미녀에게 따끔하게 한마디 해 주는 모습은 통쾌했고 멋있었다.

도공으로서의 긍지가 철철 넘친 그의 말은 같은 일을 생업으로 삼은 인간으로서, 숨겨진 마을에 사는 사람으로서 솔직히 기뻤다.

자신의 칼을 믿고 목숨을 맡겨 주는 소년과의 만남이 이 괴팍한 남자를 이만큼 변화시킨 것이다.

…그렇기에 더욱.

'…신령님. 하가네즈카 씨가 구제할 길이 없는 저 더러운 성격을 고쳐먹는다면, 칼을 사랑하는 마음을 이해해 줄 마음씨 고운 색시를 점지해 주세요.'

코테츠는 마음속으로 아직 한참은 멀었을 하가네즈카 호타루의 봄이 어서 찾아오기를 짤막하게 기도했다.

제 **3** 화

꽃과 짐승

"이, 노, 스, 케… 이노스, 케."

"아자아! 제대로 말했네!! 아주 잘했어!"

마침내 네즈코에게 자신의 이름을 외우게 하는 데 성공한 이노스케는 "야호!"라고 기쁨의 함성을 내지르며 펄쩍 재주를 넘었다.

어제 낮에 부상을 당해 나비 저택을 찾은 이노스케는 네즈코가 말을 할 수 있게 됐다는 이야기를 듣자 기세등등하게 그녀를 찾아갔다. 자신의 이름을 부르게 하기 위해서였다.

그 결과 '두목'은 아무리 연습시켜도 '또목'이라고 하지만, '이노스케'는 그럭저럭 말할 수 있게 됐다.

성질이 급한 그치고는 놀라울 정도의 인내와 끈기를 보인 만큼 기쁨 또한 컸다. 하도 기뻐서 말 그대로 땅에 발이 닿지 않았다.

이노스케는 몇 번이나 재주를 넘고 나서 이제 막 말을 뗀 자기 자식에게 하듯이 자신의 이름을 부르게 했다.

"이노스케?"

"어!!"

"이노스케!"

"그래! 더 부르도록 해! 바로 네 두목님의 이름이니까!!"

나비 저택 정원에 이노스케의 의기양양한 목소리가 울려 퍼졌다.

"잘 말했으니까 매끈매끈한 도토리를 주지."

상이라고 말하며 건네자 네즈코는 기쁜 듯이 도토리를 들어 태양에 비춰 봤다. 그 입가에는 여전히 날카로운 송곳니가 있고 눈동자도 붉었다. 아직도 도깨비 소녀인 것이다. 그래도 동생이 햇볕을 쬘 수 있게 된 것을 탄지로는 몹시 기뻐했다.

탄지로의 웃는 얼굴을 떠올리고, 햇빛을 받으며 서 있는 네즈코의 모습을 보고 있으니 이노스케의 마음도 왠지 해롱해롱해졌다. 탄지로 일행과 함께 있을 때 자주 느끼는 그 해롱해롱함이었다. 평소에는 긴장 풀린 얼간이가 된다고 기를 쓰고 떨쳐내는 그 기분마저도 지금은 그냥 놔둬도 괜찮을 것 같았다.

'뭐, 쫄따구들의 기쁨은 곧 두목의 기쁨이니까.'

이노스케가 만족스럽게 콧김을 크흥 내뿜으면서 이 기세를 몰아 쫄따구 숫자를 더 늘려가겠다고 계획할 때,

"꺄아아아악!!"

빨래를 너는 데 쓰는 마당 한구석에서 뭔가가 쓰러지는 요란한 소리와 소녀의 비명이 들려왔다.

나비 저택에서 간호사로 일하는 3명의 소녀 중 한 명인 테라우치 키요의 목소리였다.

"왜 그래?! 적의 습격이냐?"

두 자루의 칼을 뽑아든 이노스케가 뛰어갔다.

네즈코도 이노스케의 뒤를 따라 달렸다.

보아하니 조금 전에 들린 큰 소리는 빨래 건조대가 쓰러진 소리였는지, 땅바닥에 방금 세탁한 침구와 잠옷이 널브러져서 온통 흙투성이였다. 그 앞에 키요가 주저앉아 두 손으로 얼굴을 감싸고 울고 있었다. 그런 키요를 칸자키 아오이와 츠유리 카나오가 어쩔 줄 몰라 하며 달래는 중이었다.

이노스케는 분노로 두 팔이 부르르 떨리는 걸 느꼈다.

"누구한테 당했어?! 도깨비야?"

"까마귀야."

살기를 내뿜으며 묻는 이노스케에게 아오이가 대답했다.

이노스케는 멧돼지 가면 아래에서 미간을 찌푸렸다.

"꺾쇠 까마귀가 그랬어?"

"설마. 꺾쇠 까마귀가 그런 짓을 할 리 없잖아? 보통 까마귀야."

"그놈한테 얼굴을 쪼아 먹힌 거로군!"

"무서운 소리 하지 마!!"

황당한 지레짐작을 하는 이노스케에게 아오이가 눈을 부릅떴다.

"어제까지 내내 비가 내렸잖아? 그래서 빨랫감이 쌓였는데…."

오늘 아침엔 키요와 둘이서 일찍부터 대량의 침구와 잠옷 빨래를 했다고 한다.

겨우 세탁을 마치고 빨랫줄에 너는데, 갑자기 까마귀가 날아와 키요의 머리 장식을 뽑아 갔다.

그때 키요가 균형을 잃고 넘어지면서 빨래 건조대가 쓰러졌다는 모양이다.

"마리장식? 뭐야, 그게. 어떤 음식이야?"

"마리장식이 아니라 머리 장식. 이것 말이야."

아오이가 자신의 머리에 달린 나비를 손으로 가리켰다.

"머리 장식?"

듣고 보니 키요의 머리에 달려 있던 작은 나비 장식 하나가 없어진 것 같았다. 하지만 자세히 봐야 겨우 알 수 있을 정도로 미세한 차이였다.

고작 그런 일이냐며 내심 실망했다.

"다친 데는 없어?"

"응… 넘어질 때 무릎이 살짝 까진 게 다야. 그렇지? 키요."

아오이의 물음에 소녀는 여전히 훌쩍훌쩍 울면서 작게 끄덕일 뿐이었다.

카나오가 뻣뻣한 동작으로 키요의 등을 쓸어 줬다.

네즈코가 카나오를 흉내 내서 키요의 머리를 쓰다듬었다.

"괘, 괜찮아. 괜찮아."

어색한 위로의 말을 건네는 네즈코에게 키요가 울면서 몇 번이나 고개를 끄덕였다.

이노스케는 점점 더 이 상황이 이해가 되지 않았다.

'애초에 왜 우는 거야? 이 녀석은.'

먹을 것을 빼앗긴 것도 아니고 크게 다친 것도 아니라면 왜 우는 거지?

"기껏해야 머리 장식 가지고 울지 마. 그냥 물건일 뿐이잖아."

"윽…!"

이노스케가 어이없다는 듯이 말하자 키요의 어깨가 움찔 떨렸다.

두 눈을 치켜뜬 아오이가 이노스케를 매섭게 쏘아봤다. …그러나,

"…그렇지 않아!!"

먼저 입을 연 사람은 아오이가 아니라 카나오였다.

평소에는 놀랍도록 말수가 적고 생글생글 웃기만 하는 소녀가 새하얀 뺨을 붉게 물들이고 이노스케를 노려봤다.

"키요에게 그 머리 장식은 그냥 물건 따위가 아니야! 언니와의… 카나에 언니와의 소중한 추억이라고…. 가족의 증표야."

떨리는 목소리로 말을 마친 카나오는 홱 돌아서 달려가 버렸다.

이노스케는 멍하니 그 뒷모습을 바라봤다.

"…카나오 씨."

키요가 울면서 카나오의 이름을 중얼거렸다.

아오이는 괜찮다고 키요를 달래면서 소녀의 작은 몸을 부축

해 일으켰다. 그때 이노스케와 눈이 마주쳤다.

　뭐라고 하려나 싶어서 움찔 경계했다.

　하지만 아오이는 일순 책망하는 듯한 슬픈 눈빛만을 보였을 뿐, 아무 말도 하지 않았다.

　"…그런 일이 있었는데 말이지."

　도공 마을에서 입은 부상 때문에 요양 중인 탄지로의 이불 위에 떡 하니 양반다리를 하고 앉은 이노스케는 조금 전의 일을 씩씩거리며 이야기했다.

　오늘 있었던 기분 나쁜 일을 어머니에게 일러바침으로써 안심하는 어린아이 같은 그 광경에 옆 침대에서 누워 있던 닭 볏 머리의 소년이 질렸다는 투로,

　"난 지금부터 잘 거니까 너무 시끄럽게 떠들게 놔두지 마, 탄지로."

　그렇게 말하며 머리끝까지 이불을 뒤집어쓰고 잠들어 버렸다.

격분한 이노스케가,

"뭐라고? 이 요상한 머리가!! 나랑 승부해!"

라며 싸움을 거는 것을 탄지로가 언제나처럼 달래면서,

"그래서 어떻게 됐어? 이노스케."

라고 본론으로 되돌아갔다.

이노스케는 캑 하고 혀를 차고는 다시 이불 위로 올라와 자세를 고쳐 잡았다.

"맨날 잔소리밖에 안 하는 시끄러운 꼬맹이가 아니라, 그 말 없는 녀석이 갑자기 화를 냈어."

워낙 성실한 성격인 아오이는 사사건건 이노스케에게 설교를 늘어놓기 때문에 이노스케도 내성이 생겼다. 아오이가 혼을 내도 또 시작이냐고 여길 뿐이었다.

그러나 평소에는 입을 여는 법이 거의 없는 카나오에게 질타를 받을 줄은 상상도 못 했다. 심지어 그런 사소한 일로. 생각하면 생각할수록 혼난 게 억울해서 이노스케의 콧김이 거칠어졌다.

"그냥 물건이 아니라 어떤 녀석의 추억이니 뭐니 하면서 휙 가 버리더라고."

"…그랬구나. 카나오가."

"물건은 물건이잖아? 그 땅꼬마도 그래. 상처가 심한 것도 아니었는데 뭘 울기까지 하냐? 진짜 이해가 안 돼."

이노스케의 불평을 탄지로는 중간에 끼어드는 법 없이 듣고만 있었다.

'그건 이노스케 네가 잘못한 것 같은데?'

'그런 식으로 말하면 안 되지.'

이러한 말로 에둘러 타이르지도 않는가 하면, 이노스케의 주장에 동의하지도 않았다.

그저 조용히 이노스케를 쳐다봤다. 조금은 슬퍼 보이는, 다정한 눈빛이었다.

'뭐, 뭐야… 소이치로 녀석. 뭐라고 말 좀 해.'

그 눈빛에 이노스케는 더욱 당황했다.

아오이가 이노스케에게 소리를 치지도 않고 말없이 뚫어져라 쳐다봤을 때에도 느낀 거북함. 그 느낌이 되살아난 이노스케가 이불 위에서 주뼛거리자,

"…있잖아, 이노스케."

라고 탄지로가 이노스케의 이름을 불렀다.

고요한 목소리였다.

"이노스케 너는 만약에 누군가가 그 멧돼지 머리를 훔쳐 가

면 어떡할래?"

"당연한 걸 뭘 묻냐? 다시 되찾아야지!"

"그럼, 늘 차고 다니는 훈도시는?"

"훔친 녀석을 두들겨 패겠어!!"

이노스케는 가상의 이야기에 마구 분개해서는 불끈 쥔 주먹
을 위협하듯이 높이 쳐들어 보였다.

"그렇지?"

상냥하게 웃은 탄지로가,

"이건 어디까지나 내 생각이라서 어쩌면 틀렸을 수도 있는
데."

라고 운을 떼고 나서,

"그 멧돼지 머리는 이노스케를 길러 준 멧돼지의 것이고, 훈
도시는 너희 아버지나 어머니가 '하시비라 이노스케'라는 이름
을 적어 주신 소중한 물건이라서가 아닐까?"

그렇게 말했다.

훈도시 이야기에서 이노스케는 흥 하고 콧방귀를 뀌었다.

"난 부모 같은 거 없어."

"이노스케….."

"날 길러 준 건 멧돼지야."

쌀쌀맞고 담담하게 말하는 한편으로, 그럼 왜 자신은 이 훈도시를 소중히 여기는지 궁금해졌다.

'그냥 물건이라면 없어져도 아무렇지 않잖아.'

자문하는 이노스케를 탄지로는 조용히 바라봤다. 그 온화한 얼굴을 쳐다보는 동안 문득 옛날 일을 떠올렸다.

어릴 때, 훈도시에 적혀 있던 글자가 신기해서 '영감'에게 물어본 적이 있었다.

그때 처음으로 자신의 이름이 '하시바라 이노스케'라는 것을 알았다.

'이게 네 이름이겠지. 엄마아빠가 지어 주셨을 테니 소중히 여기려무나.'

영감은 분명 그렇게 말했다.

'그래, 이름이 적혀 있으니까 소중한 거 아닌가? 하마터면 소지로 녀석한테 속을 뻔했어.'

소중한 건 훈도시 자체가 아니라 이름 쪽이다.

"난 글을 못 쓰니까."

자신의 이름을 까먹으면 곤란해지기 때문이라고 설명하자,

탄지로는 그 이상 따지지 않고,

"알았어. 그럼 훈도시 얘기는 일단 접어 두자."

라며 고개를 끄덕였다.

"그래도 멧돼지 머리는 너에게 소중한 유품이지?"

"어."

"키요에게 그 머리 장식은 네 멧돼지 머리처럼 중요한 물건이었다고 생각해."

"키워 준 녀석의 유품이었다고?"

이노스케가 고개를 갸웃거렸다.

그러고 보니 카나오가 어떤 사람과의 소중한 추억이 어쩌고 저쩌고 했던 것 같았다. 뭐라고 했더라?

"카네에…? 카나이… 카나이… 아니, 카나에다!"

이노스케가 손뼉을 쳤다.

"카나에가 누구지?"

이노스케가 다시 갸웃거리자 탄지로가 양 눈썹을 살며시 늘어뜨렸다.

"아마 시노부 씨의 언니분일 거야. 전에 시노부 씨랑 다른 여자애들에게 들은 적이 있거든."

"시노부의…?"

이노스케의 머릿속에 전날 임무 중 입은 부상을 진찰해 줄 때의 시노부가 떠올랐다.

'상처는 꿰맸으니까 건드리지 말아요. 마음대로 실을 뽑으면 안 됩니다?'

그렇게 말한 다음 시노부는 이노스케의 새끼손가락에 자신의 새끼손가락을 걸었다.

'손가락 걸고 하는 약속이에요.'

단지 그 말을 들었을 뿐인데 아무리 불편해도 실을 뽑을 수 없었다.

"시노부 씨뿐만 아니라 카나오와 아오이 씨, 그리고 키요, 스미, 나호 모두의 언니가 아니었을까? 피는 이어지지 않았어도."

"그 카나에라는 녀석은 어떻게 됐는데?"

"돌아가셨어. 귀살대의 주였다고 하더라."

"…그렇군."

이노스케는 짧게 대답했다.

생물은 모두 죽는다.

죽으면 흙으로 돌아갈 뿐이다.

그렇게 생각하며 살아왔을 터인데, 어째선지 시노부의 미소가 떠올랐다. 손가락 걸고 약속할 때의 상냥한 얼굴이었다.

"여기서 사는 사람들은 모두 나비 모양 머리 장식을 하고 있잖아? 분명 그 카나에 씨도 그러지 않으셨을까?"

나비 저택의 소녀들에게 그 머리 장식은 지금은 세상을 떠난 소중한 사람과 자신들을 이어 주는 중요한 유품일지도 모른다는 탄지로의 말을 이노스케는 묵묵히 듣고만 있었다. 그리고 툭 내뱉었다.

"그래서 걔가 그렇게 화를 냈군."

"…카나오가 그런 말을 할 수 있게 됐구나."

다행이라며 탄지로가 눈웃음을 지었다.

"그냥 물건 따위가 아니었어."

이노스케가 혼잣말처럼 중얼거렸다.

탄지로는 기쁜 듯이 "…응."이라고 고개를 끄덕였다.

이노스케는 한동안 시무룩하게 고개를 숙이고 있었지만, 느닷없이 탄지로의 침대에서 뛰어내렸다. 그대로 말없이 병실을 나가려고 하자,

"아마 카나오도 키요의 머리 장식을 찾으러 갔을 거야."

탄지로가 이노스케에게 말했다.

아무 얘기도 듣지 않았으면서 당연한 듯이 카나오'도'라고….

마치 이노스케가 앞으로 어떤 행동을 취할지 다 안다고 말하는 것처럼….

"나도 찾으러 갈게."

그렇게 말하며 탄지로가 침대에서 내려오려 했다.

"난 배가 고파서 먹을 게 좀 없나 보러 가는 것뿐이야. 머리장식 따위 찾으러 안 가."

이노스케는 일부러 밉살스럽게 말한 다음 탄지로를 향해 검지를 들이밀더니,

"그리고 넌 움직이지 마. 절대로 따라오지 마라? 그러다 또 혼수상태에 빠진다고. 알아들었어?"

신신당부를 한 뒤에 병실을 나섰다.

…바로 다음 순간, 분명히 잔다고 했던 남자가 벌떡 일어나서는,

"저 녀석, 완전 청개구리가 따로 없네."

라고 어이가 없다는 듯이 말했다. 그걸 들은 탄지로가,

"응, 겐야 너랑 비슷하지?"

라며 웃자,

"누가 저딴 멧돼지 자식이랑! 죽을래?"

겐야는 마구 분개했지만 이미 복도를 달리는 중인 이노스케
로서는 알 길이 없었다….

"으랴아아압!"

툇마루에서 마당으로 불필요하게 높이 뛰어 두 다리로 착지
하자 상당히 큰 소리가 났다. 다시 빨았을 세탁물이 담긴 바
구니를 안은 아오이가 흠칫 놀라서 걸음을 멈추고 조심스럽게
돌아봤다.

"어이."

라고 말을 걸자 키요가 아오이 옆에서 몸을 움츠렸다. 그러
고는 살금살금 아오이 뒤에 숨었다.

그런 소녀의 반응에 아오이가 아주 약간 긴장된 표정을 지었다.

"용건이라도 있습니까?"

당찬 소녀는 이쪽으로 몸을 돌리더니 다소 딱딱한 말투로 물었다.

개의치 않고 뚜벅뚜벅 다가갔다. 아오이가 세탁물 바구니를 들어서 자신과 이노스케 사이를 막았다. 뒤쪽에서는 키요가 아오이의 옷을 꼭 붙잡았다.

"어디 갔는지 기억해?"

"어디?"

"아까 땅꼬마의 머리 장식을 훔쳐 간 까마귀 말이야. 어디로 갔어?"

"아….”

이노스케가 성질을 내면서 말하자, 아오이는 깜짝 놀란 얼굴로 세탁 바구니를 든 팔을 천천히 내렸다.

"저쪽으로, 저 높은 산 방향으로 날아갔어."

"저쪽 말이지?"

아오이가 가리킨 방향을 확인하고는 이노스케는 곧장 달려가려 했다. 하지만 문득 멈춰 섰다.

대원복 바지 주머니에서 꺼낸 도토리를 키요 앞에 내미니 소녀가 살짝 머뭇거렸다.

"줄게."

퉁명스럽게 말했다.

"네?"

"제일 큼직한 도토리야. 엄청 매끈거려서 보석 같지? 그러니까 너한테 줄게."

"네, 네에."

키요가 조심스레 두 손을 내밀었기에 그 자그마한 손바닥에 반짝반짝 빛나는 도토리를 올렸다. 키요가 나지막이 "…예쁘다."라고 중얼거렸다. 눈가가 빨갛게 부어서 보기 안쓰러웠다. 한 마리만 남아 버린 나비 머리 장식이 바람에 나풀나풀 흔들렸다.

"아까는 미안했어."

이노스케는 그 말만 건넨 다음,

"어… 아…."

당황하는 키요를 뒤로 한 채 까마귀가 날아간 방향으로 달려갔다.

뒤에서 아오이가 퍼뜩 생각났다는 듯이,

"이노스케 씨!"

라고 외쳤다.

그 소리에 발을 멈췄다.

어깨 너머로 돌아보니 아오이가 진지한 얼굴로 이노스케를 보고 있었다.

"너무 짧은 순간이라서 자신은 없지만, 꽁지에 흰 깃털이 섞여 있던 것 같아."

"알았어. 고맙다."

우렁차게 대답하자 아오이의 표정이 누그러졌다.

"조심해."

"어!"

이노스케는 더 이상 멈춰 서는 일 없이, 차츰 서쪽으로 기울기 시작한 태양 아래 어렴풋이 주홍빛으로 물들어가는 산을 향해 갔다.

…어떡하지? 어디에도 보이지 않아.

카나오는 어찌할 바를 모른 채, 키요의 머리 장식을 물고 날아간 까마귀를 찾아 산속을 걷고 있었다.

　순간적으로 포착한 까마귀는 꽁지깃 일부가 흰색이었다. 그것 외에는 지극히 평범한 까마귀였던 것으로 기억한다. 뒤를 쫓아서 열심히 뛰어다니던 중에 비슷해 보이는 까마귀가 이 산 중턱에 내려앉는 모습이 보였지만, 이쯤 되니 그마저도 제대로 본 게 맞는지 자신이 없어졌다.

　나무 위의 둥지 속을 살펴보고 수풀 사이를 뒤져보기도 했지만, 머리 장식은커녕 그 흰 꽁지의 까마귀조차 보이지 않았다.

　해가 뉘엿뉘엿 기울어서 산속은 서서히 어두워졌다. 점점 시야가 나빠지자 카나오는 애가 탔다.

　그녀는 밤눈이 상당히 밝은 편이다. 해가 졌어도 한동안은 무리 없이 주변이 보였다. 그러나 귀가가 너무 늦어지면 모두에게 괜한 걱정을 끼치게 된다.

　그렇다고 해서 이대로 돌아가 버리면, 키요의 머리 장식은 영원히 찾을 수 없을 것이다.

　'…키요.'

언제나 명랑한 그 아이가 그토록 서럽게 울었다.

작게 웅크린 몸을 떨면서.

마치 나비 저택에 처음 도착했던 무렵처럼….

나비 저택에 오게 된 키요는 자주 울음을 터트렸다.

도깨비에게 육친을 잃은 상처가 다 낫지 않았기 때문이리라. 빈번히 죽은 가족을 떠올려서 훌쩍훌쩍 울곤 했다.

그날도 키요는 마당 구석에서 소리를 죽이고 울었다.

훈련을 마치고 툇마루에 앉아 있던 카나오에게는 새로 이곳에 온 여자아이가 울고 있다는 사실밖에 이해하지 못했다. 어째서 우는지, 그 심정을 헤아려 주기란 불가능했다.

마당을 날아다니는 나비를 눈으로 좇는 것도 아니고 그저 멍하니 바라보고만 있으려니 어느샌가 키요 옆으로 카나에의 모습이 보였다.

키요가 갈라진 목소리로 뭔가를 이야기했다.

카나오가 앉아 있는 툇마루에서 두 사람이 있는 장소는 다소 거리가 있어서, 대화 내용까지는 알 수가 없었다.

다만 카나에의 눈빛은 더할 나위 없이 다정하고, 따뜻하고,

그리고 깊은 슬픔으로 가득 차 있었다.

카나에가 뭔가 말하자 키요가 거기에 반응했다.

이윽고 키나에가 가늘고 긴 손가락으로 키요의 머리를 땋고 작은 나비 모양 머리 장식을 달아 주자, 소녀는 눈물 젖은 얼굴로 마침내 미소를 지었다.

그때 카나에는 분명 키요의 어쩔 도리 없는 슬픔과 증오심, 고독과 분노, 공포 등의 어두운 감정을 전부 자신의 몸으로, 마음으로 받아 냈을 것이다. 소녀가 받은 상처를 조금이라도 치유하기 위해서. 자기 자신이 상처받는 것도 마다 않고.

카나에는 그런 사람이었다.

다정함의 화신 같은 사람이었다.

이 세상의 아름다운 것, 따스한 것을 모두 모으면 이 사람이 되지 않을까 싶을 정도로 고운 마음씨를 지닌 사람이었다.

피가 이어지지 않은 자신들을 이어 주고, 가족으로 만들어 준 사람은 시노부와 그리고 카나에였다.

그런 카나에가 모두에게 준 나비 모양 머리 장식은 의지할 곳 없는 소녀들에게는 눈으로 확인할 수 있는 '증표'였다.

결코 값비싼 것이 아니고, 희귀한 것도 아니다.

이노스케가 말했듯이, 그저 물건에 불과했다.

하지만 이 머리 장식을 다는 것만으로도 이곳에서 지내도 된다고, 혼자가 아니라는 말을 들은 듯한 기분이 들었다.

적어도 카나오에게는 그냥 물건이 아니었다. 시노부와 아오이, 나호와 스미, 그리고 키요에게도….

그래서 무심코 언성을 높이고 말았다.

이노스케의 말에 악의라고는 티끌만큼도 없다는 걸 알면서도….

"모처럼 동기들과 한 지붕 아래에 있으니 먼저 말을 걸어 보면 어때요? 탄지로와 친해진 것처럼 분명 카나오의 마음을 성장시켜 줄 거예요."

며칠 전, 임무에서 돌아온 카나오에게 시노부는 그렇게 말하며 미소 지었다.

이제야 막 동전에 의존하지 않고 결정을 내릴 수 있게 된 카나오에게는 솔직히 어려운 과제였다.

실제로 이노스케에게 비눗방울 불기를 권할 때에도, 아오이에게 부탁해서 자신이 겐야에게 약을 가져다주겠다고 했을 때에도 끝내 말을 걸지는 못하고 불쑥 떠넘긴 채 도망치고 말았다.

그래서 오늘만은 힘내자고 결심했건만 이런 일이 생겼다.

카나오가 어깨를 축 늘어트렸다.

'…탄지로 덕분에 조금은 바뀌었다고 생각했는데.'

별로 달라진 게 없었던 걸까.

역시 자기가 할 수 있는 일이라곤 도깨비를 죽이는 것뿐일까.

몹시 침울해진 카나오는 그 후에도 산속을 둘러봤지만, 결국 머리 장식을 찾지는 못하고 시무룩하게 산을 내려왔다.

'사범님, 카나에 언니. 미안해…. 난 키요를 위해 아무것도 하지 못했어. 난 역시 언니들처럼 될 수 없어.'

멍하니 그런 생각을 할 때, 산기슭 쪽에 인영(人影)이 보였다. 카나오 쪽에서는 역광 때문에 얼굴이 잘 안 보였다.

카나오가 눈을 가늘게 뜨고 그쪽으로 다가가자 마침내 그 인영이 멧돼지 머리를 하고 있음을 알 수 있었다.

"여어."

"어…?"

여긴 웬일이냐고 묻기도 전에,

"자."

이노스케가 카나오에게 뭔가를 던졌다. 영문을 모른 채 두 손으로 그걸 받아들었다.

고이 모은 손바닥 안에 작은 나비가 있었다.

카나오의 눈이 휘둥그레졌다.

"이거…."

실이 약간 엉키고 뜯겨나간 부분도 있기는 하지만, 틀림없는 키요의 머리 장식이었다.

"어째서…?"

카나오가 머리 장식에서 고개를 들었다.

어떻게 찾았어?

어째서 찾아 준 거야?

두서없이 튀어나오려는 질문들을 꾹 삼키고 이노스케의 얼굴을 가만히 응시하자, 동기 소년은 흥 하고 콧방귀를 뀌면서 의기양양하게 가슴을 쑥 내밀었다.

"이 몸은 산의 왕이라고. 산에 사는 녀석들은 모두 이 몸의

쫄따구니까. 그 녀석들한테 물으면 깃털 색깔이 특이한 까마귀 한 마리 찾는 것쯤이야 식은 죽 먹지."

"뭐? 설마 동물들 말을 알아들어?"

"무슨 생각을 하는지 정도는 알아."

"대단하다."

카나오가 진심으로 감탄하자 이노스케는 기분이 급격히 좋아졌다.

"뭘 이쯤이야."

라고 기쁜 듯이 말하면서 상체를 더욱 뒤로 젖혔다. 마치 더 칭찬하라고 보채는 것처럼.

위엄 넘치는 멧돼지 머리와 거친 말투에도 불구하고 하는 짓은 의외로 어린아이 같았다.

"그거, 빛을 받으면 약간 반짝거리지? 까마귀들은 반짝이는 물건을 좋아하거든."

이노스케의 말을 듣고 카나오는 손 안의 머리 장식을 들어 햇빛을 비춰 봤다.

거의 다 저물기는 했지만, 새빨간 저녁노을 속에서 얇은 나비 날개가 반짝반짝 빛났다.

새빨갛게 물든 나비는 무척 아름다웠다.

거기에 카나에의 생전 모습이 겹쳐 보였다.

복받치는 그리움에 카나오는 부서지지 않도록 조심하면서 머리 장식을 꼭 쥐었다.

"…아까는."

자연스레 말이 터져 나왔다.

"갑자기 큰 소리를 내서 미안해."

"엉? 뭐야, 갑자기."

"고마워, 이노스케."

그렇게 말하고 머리를 숙이자, 이노스케는 깜짝 놀란 얼굴로 카나오를 바라봤다. 그의 당황스러운, 뭔가 할 말이 있는 듯한 표정을 보고 나서야 자신이 그를 이름으로 부른 게 이번이 처음이었음을 깨달았다.

어쩐지 매우 쑥스러웠다.

하지만 결코 불편한 기분은 아니었다.

"…어, 어어."

꽤 시간이 흐른 뒤에 이노스케가 고개를 끄덕였다.

"맡겨만 두셔. 난 두목이니까 말이야."

힘차게 가슴을 두드려 보이는 이노스케에게 "응."이라고 대답한 뒤, 머리 장식을 돌려주려고 손을 뻗었다.

이제 키요도 웃음을 되찾겠지. 그렇게 생각하니 가슴 안쪽이 서서히 따스해졌다.

그러나 이노스케는 내밀어진 손 앞에서 고개를 저었다.

"네가 전해 줘."

"그치만 이건 이노스케가 찾아 줬으니까⋯."

"가족의 증표잖아?"

카나오의 반론을 가로막듯이 이노스케가 말했다.

"그럼, 가족인 네가 그 땅꼬마한테 전해 주도록 해."

그 목소리는 낮았고, 말투도 퉁명스러웠다.

멧돼지의 두 눈도 어디를 쳐다보는지 좀처럼 알 수가 없었다.

'그런데 왜 이렇게나 다정하게 들릴까⋯?'

카나오가 말없이 고개를 끄덕이자 이노스케는 기지개를 쭉 켰다.

"돌아갈까?"

"응."

"배고프다."

그 말에 대답하듯이 배에서 꼬르륵 소리가 났다.

"저기⋯ 괜찮으면 간식이라도 사서 돌아갈래?"

카나오가 물었다.

이제부터 마을에 들르려면 조금 빙 돌아가야 하지만, 카나오의 걸음이라면 저녁식사 시간 전에는 돌아갈 수 있으리라. 이노스케가 좋아할 간식과 키요가 좋아하는 전병을 사다 줘야지.

그런 생각을 하는데 이노스케가 그 제안을 단칼에 거절했다.

"아니, 지금은 단것보다 튀김이 먹고 싶어. 돌아가면 튀겨 줘."

"뭐…?"

생각지도 못한 대답에 카나오가 멈칫했다.

"튀김을? 내가?"

나비 저택의 가사 전반은 아오이, 키요, 스미, 나호 네 사람이 도맡아 해 준다. 아오이는 원래부터 야무진 데다 요리 실력이 아주 뛰어나서 식사는 그녀가 전담했다. 그리고 나머지 셋이 하루씩 돌아가며 아오이를 보조하는 방식이었다.

한편, 지금은 제법 나아졌다고는 하나 매사에 다음 지시를 들어야 움직이는 카나오가 요리를 돕는 경우는 거의 없었다.

카나에가 살아 있을 적에 저택 식구가 다 같이 꽃놀이용 식사를 준비한 적이 있는데, 그때도 카나오가 맡은 보직은 맛보기 담당이었다.

제대로 요리를 해 본 경험이라고는 상현6과의 싸움으로 혼수상태에 빠진 탄지로가 의식을 되찾았을 때 키요와 함께 미음을 쑨 정도일까. 하지만 그때도 키요가 이것저것 지시를 내려 줬다.

"나는 요리 잘 못하니까, 돌아가면 아오이에게…."

그렇게 말하려던 찰나….

'탄지로와 친해진 것처럼 분명 카나오의 마음을 성장시켜 줄 거예요.'

시노부가 귓가에 대고 속삭인 듯한 기분이 들었다.

카나에의 다정한 웃음소리도….

카나오는 원래 하려던 말을 자기 가슴속에 밀어 넣고서,

"…어떻게 하는지 배우면서 만들어 볼게."

그렇게 대답한 뒤 살며시 미소 지었다.

그날 저녁, 아오이에게 일대일 가르침을 받으며 카나오가 튀긴 튀김은 너무 튀겨서 타거나 다소 덜 익은 부분도 있기는 했으나, 이노스케는 "맛있어! 맛있어!!"라고 말하며 산더미만큼 먹어치웠다.

까마귀에게 도둑맞았던 나비가 무사히 머리로 돌아온 키요는 어디서 났는지 모를 매끈매끈한 도토리를 애지중지하면서, 그걸 가지고 네즈코와 숨기기 놀이를 하고 있었다.

"어느 손에 있을 것 같아요?"

"이, 이쪽!"

"우후후. 틀렸어요, 이쪽 손이에요."

"하… 한 번 더!"

그 모습을 부러운 눈으로 바라보던 나호와 스미가 볼을 빵빵하게 부풀리고는,

"나빴어요, 이노스케 씨."

"저희한테도 매끈매끈한 도토리 주세요!"

라며 이노스케에게 항의했다.

아오이는 이것저것 따져 가면서 탄지로와 겐야에게 가져다줄 요리를 쟁반에 담고 있었다. 카나오가 튀긴 튀김에 관해서

는 "작게 잘라서 밥 위에 올리고 차를 부어서 드려 볼게."라고
말했다.

　시노부는 생글생글 웃으며 모두를 지켜봤다.

　사랑스럽다는 듯이.

　카나오와 눈이 마주치자 다정하게 미소를 지었다.

　카나오의 가슴속에 따스한 것이 한가득 차올랐다.

　이 행복이 쭉 계속될 줄 알았다….

　앞으로도 쭉, 언제까지나, 영원히 계속되리라고.

　"이노스케, 내 어깨를 잡아."

　카나오가 이노스케를 단단히 부축해서 일으켜 세웠다. 탄탄
한 근육질인 이노스케의 몸은 상상했던 것보다도 훨씬 무거워
서, 부상을 입은 카나오는 잠깐 휘청했다. 그러나 두 다리에
힘을 꽉 줘서 어떻게든 균형을 잡았다.

무한성의 어느 일실(一室).

시노부라는 너무나 큰 희생을 치른 덕에 겨우 상현2를 쓰러트린 두 사람은 그야말로 만신창이였다.

카나오는 오른쪽 눈의 시력이 거의 사라졌고, 이노스케는 몸 이곳저곳을 다쳤다. 출혈량이 특히 많은 상처만 봉합하고 붕대를 감았지만, 솔직히 서 있는 게 기적일 정도로 중상이었다.

그래도 앞으로 나아가야만 한다.

자신과 이노스케의 몸을 반쯤은 질질 끌면서 복도로 나갔다.

이노스케는 멧돼지 머리도 쓰지 않고 어린아이처럼 눈물을 뚝뚝 흘렸다.

자신을 버린 줄로만 알았던 모친이 사실은 자신을 지키고 살해당했다는 것을 알게 됐으니 무리도 아니었다.

하지만 이노스케가 너무도 무방비하게 우는 통에 카나오까지 꾹꾹 참았던 눈물이 샘솟았다.

'시노부 언니…'

울음을 참고 있으려니 콧잔등이 시큰해지고 눈물로 시야가 흐릿해졌다.

"나 말이야…."

이노스케가 불쑥 중얼거렸다. 평소의 그답지 않게 연약한 느낌마저 드는 목소리였다.

"시노부랑 처음 만났을 때, 어딘가에서 만난 적이 있다는 생각이 들었어."

하지만 아니었다고 이노스케가 말했다.

"시노부는… 우리 엄마랑 닮았었어."

그렇게 말하고 또다시 눈물을 주룩주룩 흘렸다.

시노부의 이름을 듣자 더는 견딜 수 없어진 카나오의 눈에서도 눈물이 넘쳐흘렀다.

시노부는 저세상에서 카나에와 무사히 만났을까.

앞으로는 부모님도 함께 넷이서, 천국에서 행복하게 살아갈 수 있을까.

또륵또륵또륵또륵, 눈물이 끊임없이 흘러내렸다.

"야, 울지 마."

"이노스케야말로 울지 마."

그렇게 말하자 고집 센 소년은,

"난 안 울어!!"

라며 화난 듯이 반박했다. 카나오의 팔을 쳐내고 멧돼지 머리를 뒤집어썼다. 급기야는 방금 전에 감은 붕대까지 풀어헤치려고 해서 황급히 말렸다.

"풀면 안 돼! 기껏 봉합한 상처가 벌어지잖아?"

"이딴 걸 감고 있으면 감각이 둔해진다고!"

"시노부 언니도 말씀하셨잖아? 상처 부위는 청결하게 유지해야 한다고…."

시노부의 이름을 꺼내서인지 이노스케의 기가 꺾였다. 떨떠름한 얼굴로 붕대를 푸는 걸 포기하고는,

"너도 그거 해."

뚱한 말투로 말했다.

"그거?"

카나오가 미간을 찡그리자 이노스케가 멧돼지 머리의 오른쪽 옆에 주먹을 갖다 댔다.

"그거 말이야, 그거. 머리 장식."

"아…."

그제야 묶었던 머리가 다 풀린 걸 알아차렸다. 두 언니의 머리 장식은 대원복 품속에 고이 넣어 두었다.

"마지막 도깨비 사냥이야. **너희 가족도** 같이 데려가 주도록 해."

"……!"

이노스케의 말에 카나오가 두 눈을 부릅떴다가 이윽고 미소를 지었다. 다양한 감정이 북받쳐 올랐다.

나비 저택에서의 추억이, 모두의 얼굴이 떠올랐다.

목숨을 걸고 지키고 싶어 했으면서도 지켜 내지 못한 소중한 사람.

지금도 그 저택에서 자신들이 무사하기를 기도해 주고 있을 모두에게, 최소한 이 머리 장식만이라도 가지고 돌아가자.

두 명의 언니가 목숨을 걸고 지키려 한 평화로운 세상과 함께….

'반드시….'

카나오는 입술을 꾹 깨물고 일찍이 카나에가 해 줬던 것처럼 머리를 묶었다.

거기에 언니의 유품을 달았다.

'언니들, 보고 있어 줘.'

반드시 키부츠지 무잔을 쓰러트릴 테니까.

이렇게 슬픈 일을 더 이상은 그 누구도 겪지 않게끔 할 테니까.

'부디 그곳에서 지켜봐 줘.'

"반드시 해치워서 그 녀석들에게로 돌아가자."

이노스케가 성의 중심부로 이어지는 복도를 쏘아봤다.

카나오가 말없이 고개를 끄덕였다.

그리고 두 사람은 누가 먼저랄 새도 없이 달려 나갔다.

이 길고 긴 밤을 끝내기 위해서….

제 4 화

내일의 약속

"이미 반점이 발현된 분은 선택하실 수 없습니다…. 반점이 발현된 분은 그 누구도 예외 없이…."

당차면서도 조금은 덧없는 목소리가 이국의 언어처럼 귀를 그냥 지나쳤다.

25살.

반점이 나타난 자는 예외 없이, 그 나이가 되기 전에 죽는다고 한다.

형은 11살 나이에 죽었다.

곧 찾아올 싸움을 대비해 '주 훈련'을 시행하기로 정하고, 각자의 훈련 내용이 겹치지 않게끔 꼼꼼히 의논한 뒤에야 긴급 주합회의는 종료됐다.

무이치로가 우부야시키 저택을 떠나기 위해 아름답게 꾸며진 돌 정원을 걷고 있으니 등 뒤에서,

"…잠시 괜찮을까?"

라는 말이 들려와서 걸음을 멈췄다.

그 낮고 고요한 음성이 누구의 것인지는 뒤돌아볼 필요도 없이 알 수 있었다.

"히메지마 씨."

무이치로가 이름을 부르며 돌아보자, 암주 히메지마 교메이는 어딘가 괴로운 얼굴로 보이지 않는 눈을 가늘게 떴다.

"너와 이야기를 나누고 싶어서 말이다…."

"저하고요?"

"그래. 괜찮다면 앉아서 차분히 이야기하자꾸나."

히메지마의 재촉에 용건을 물을 새도 없이 정자로 가서 그와 마주 보고 앉았다.

정원 한구석에 휴식용으로 만들어진 정자는 바람이 무척 잘 통하고 초가지붕의 풋풋한 내음이 기분 좋았다. 귀를 기울이면 나뭇가지와 나뭇잎이 바람에 흔들리는 소리에 섞여서 작은 새들의 지저귐이 들려왔다.

"이야기라는 게 뭔가요?"

"…조금 전에 아마네 님께서 하신 이야기 말이다."

무이치로가 재차 묻자 맞은편에 앉은 히메지마는 마침내 말문을 열었다.

아하, 하고 상황을 파악한 무이치로가 이어질 말을 가로챘다.

"반점 말씀이세요? 25살까지밖에 살 수 없다던."

"…그래."

고개를 끄덕이는 히메지마에게 무이치로가 담담히 말했다.

"반점이 나타났을 때 육체가 어마어마하게 강화됐으니 정상적인 현상이 아닌 건 분명하겠죠."

어쩌면 그것은 자신의 남은 수명을 끌어온 힘인지도 모른다.

그래서 반점이 나타난 자는 모두 25살을 넘기지 못하는 것이다. 그 이후의 삶을 이미 써 버렸으니까….

그렇다 해도 이 반점이 있으면 상현 도깨비와도 싸울 수 있다.

실제로 이 반점이 나타났기에 무이치로는 상현5를 이기는 게 가능했다.

"히메지마 씨는…."

히메지마의 나이는 27살이라고 들었다. 그렇다면 반점이 나

타난다고 가정할 때, 그 시점에 이미 수명의 상한을 넘어 버리게 된다. 그런 경우는 대체 어떻게 되는 것인가 싶어서 무이치로가 염려하자,

"나는 됐다."

웬일로 히메지마가 언성을 높였다.

"본래부터 죽음을 각오한 몸이야… 하지만 너는… 아직 14살이지 않나."

히메지마의 목소리와 얼굴에 형언할 수 없는 슬픔이 섞였다.

귀살대 최강이라 칭송받는 힘과, 검사라면 누구나 부러워할 큰 체구를 지녔음에도 부처나 보살처럼 심성이 고운 이 남자는 지금도 무이치로를 위해 눈물을 흘렸다.

"토키토. 주로서의 너를 모욕할 생각도, 그 각오를 의심하는 것도 아니다. 다만… 괜찮은 것이냐, 너는."

"어째서요?"

무이치로는 정말로 궁금해서 반문했다. 비꼬려는 의도는 없었는데 히메지마는 미간을 찌푸렸다.

"넌 이미 앞선 전투에서 반점이 나타났어. 더 이상 선택권은 없다."

"그렇게 따지면 칸로지 씨도 똑같잖아요. 저보다도 칸로지 씨를 걱정해 주세요. 그리고 이구로 씨도."

"칸로지는 알겠다만, 왜 지금 이구로 얘기가 나오지?"

"왜냐하면 칸로지 씨를 좋아하잖아요? 이구로 씨는."

"…놀랍군."

히메지마가 아주 잠깐, 안광이 없는 두 눈을 크게 떴다.

"모르셨어요?"

"아니… 네가 그걸 알고 있다는 사실에 놀란 거야."

히메지마는 태연하게 실례되는 소리를 하더니 처음으로 부드럽게 미소 지었다. 이런 표정을 지으면 꼭 수도자 같은 무서운 얼굴이 의외로 다정해진다.

도깨비 같은 것이 없었다면 이 사람은 그저 온화하고 순한 사람이었으리라. 문득 그런 생각을 했다.

"달라졌구나, 너는."

히메지마가 중얼거렸다.

"아니면 그게 본래의 너인가?"

"……."

확실히 이제까지의 무이치로였다면 동료들 사이의 미묘한 감정 따위에 (설령 그것이 굉장히 알기 쉽게 티가 났다 해도)

관심도 주지 않았을 것이다. 함께 이 세상에 태어난 쌍둥이 형조차 잊고, 도깨비를 죽이는 일 외에는 관심이 없었던 그 무렵의 자신은 깊고 깊은 안개 속에 있는 것 같았다.

아무것도 들리지 않고, 아무것도 보이지 않는다.

그런 안개 속에서 지금의 장소로 데리고 돌아와 준 것은 죽은 아버지를 떠올리게 하는 탄지로의 말과, 무력함에도 필사적으로 자신을 지켜 주려 한 코테츠의 존재였다.

두 사람 덕분에 이렇게 다시, 옛날처럼 모든 걸 볼 수가 있다.

이 아름다운 세상을, 솔직하게 아름답다고 느낄 수가 있다.

타인의 다정함을 당연하다는 듯이 느낄 수가 있다.

무이치로는 초가지붕 너머로 펼쳐지는 푸른 하늘을 바라봤다.

'꼭이야, 토키토 씨.'

그 후, 다시 찾은 마을에서 도공 소년과 나눈 약속이 문득 머릿속에 떠올랐다.

"어? 설마 토키토 님이십니까? 어쩐 일이세요?"

여기저기 붕대를 감은 무이치로가 도공 마을을 방문하자, 카나모리 코조가 놀란 기색으로 달려왔다.

"부상은 벌써 다 나으셨어요?"

"일단은. 아직 완전하지는 않지만…. 마을 이동은 얼추 진행 됐어?"

무이치로가 묻자 카나모리는 "네."라며 고개를 끄덕였다.

"앞으로 이틀이면 끝납니다. 노인과 여자, 어린이들은 안전 을 고려해서 먼저 '빈 마을'로 이동시켰어요. 제 아내도 그쪽 에 가서 짐을 풀고 있죠."

상현 도깨비 둘의 지난 습격으로 마을에는 수많은 사상자가 나왔다. 그러나 마을 전체 피해는 최소한에 그쳤다고 한다.

덕분에 만일을 위해 준비해 둔 빈 마을로의 이주도 빠르게 개시할 수 있었다는 모양이다.

"도구와 칼들은 운반을 거의 다 마쳤어요. 남은 짐을 남자들 이 옮기고, 이번 습격으로 죽은 자들의 장례를 치르던 참입니다. 하지만 하가네즈카 씨는 칼을 갈겠다면서 빈 마을로 홀라당 가 버렸어요. 뭐, 그 사람이 있어 봤자 칼 만드는 일 외에는 딱히 도움이 되는 것도 아니니 상관없지만요. 오히려 방해만 되고."

느긋해 보이는 가면 아래로 카나모리가 아무렇지 않게 독설을 내뱉었다.

무이치로는 인적이 없어진 마을을 둘러봤다. 자비 없이 파괴된 가옥들에는 고요함만 감돌았다.

예전에는 여기저기서 쇠를 두드리는 소리가 들려왔던 만큼 몹시 쓸쓸한 분위기였다.

"무덤은 빈 마을로 옮기지 않는구나."

"네."

카나모리가 살짝 울적한 목소리로 대답했다. 그러더니 곧 한껏 명랑하게 꾸민 음색으로 말을 이었다.

"일단은 산 사람이 먼저죠. 그리고 한시라도 빨리 칼을 벼려야 합니다. 저희는 도공이니까요."

"그래."

"그래서, 무이치로 님은 어쩐 일로 오셨습니까? 두고 가신 물건이라도 있어요?"

카나모리가 제일 첫 질문으로 돌아왔다. 무이치로는 선뜻
대답했다.

"테츠이도 씨의 무덤에 성묘를 할까 해서."

"! 그러셨습니까…. 그럼 제가 얼마든지 안내해 드릴게요."

카나모리가 깜짝 놀란 다음 몇 번이나 고개를 끄덕였다.

테츠이도는 카나모리 이전에 무이치로 담당이었던 도공의
이름이다. 칼을 벼릴 뿐만 아니라, 무이치로 본인을 매우 걱정
해 줬다. 무이치로는 테츠이도가 살아 있을 때는 그 따뜻한 마
음을 알아차릴 수가 없었다.

그의 마음을 알기는커녕 이름조차 제대로 기억하지 않았다.

그렇기에 더욱, 마을이 사라져 버리기 전에 그의 무덤 앞에
서 인사를 하고 싶다는 마음에 찾아온 것이다.

"그리고 코테츠도 만나고 싶은데…."

여자와 아이들은 먼저 빈 마을로 가 버렸다고 하니 코테츠
도 이미 이곳에는 없을 것이다. 무이치로가 그렇게 생각하고
있자,

"아, 코테츠 소년이라면 아직 이 마을에 있어요."

카나모리가 말했다.

"코테츠가?"

"네."

시원스레 고개를 끄덕인 카나모리였으나, 이어지는 말은 그다지 시원시원하지가 않았다.

"…실은 말이죠, 코테츠 소년 때문에 좀 난처한 상황이었어요."

그 후, 카나모리의 안내를 받아 테츠이도의 묘소에 헌화를 한 무이치로는 코테츠가 있다는 장소로 향했다.

"여기는….."

무이치로가 주위를 둘러봤다. 그곳은 코테츠와 제일 처음 만났던 숲이었다.

하늘 높이 뻗은 나무 아래에서 소년은 전투용 기계인형, 요리이치 영식 앞에 오도카니 앉아 있었다.

곁에 도구들이 무수히 널려 있는 것을 보아 아무래도 방금 전까지 수리 중이던 듯했다.

푹 숙이고 있던 고개를 든 코테츠가 "하아." 하고 무거운 한숨을 푹 쉬었다. 그리고 눈앞에 선 무이치로를 발견하고는,

"에엑?! 토키토 씨?"

라며 몹시 놀랐다.

"여긴 웬일이에요? 다친 데는 이제 괜찮아? 거품을 물고 쓰러질 정도로 큰 부상이었는데?"

"응. 이틀간 내리 잤거든."

"아니, 아니, 아니. 보통 이틀간 잤다고 해서 나을 일이 아니잖아? 토키토 씨는 정말로 인간 맞아?"

평소와 다름없는 코테츠였다.

"있잖아, 너는 왜 새로운 마을에 안 가지?"

무이치로가 무심한 말투로 물었다.

그러자 소년은 갑자기 시무룩해졌다. 양 어깨를 축 늘어뜨리면서 툭 내뱉었다.

"요리이치 영식의 수리가 덜 끝나서 못 가요."

"내가 고장 내는 바람에?"

그 말에 코테츠가 황급히 고개를 저었다.

"에이, 아니에요. 확실히 제일 처음 팔을 부러트렸을 때는 이 수치도 모르는 다시마 머리, 할복이나 하라고 생각했지만요."

"…그랬지만?"

"결국 그 후에 남은 5개의 팔로도 작동했어요. 그래서 탄지로 씨랑 훈련했죠. 타도 토키토 씨를 구호로 내걸고."

"왜?"

무이치로가 어리둥절해하자 코테츠가 당시의 상황을 간략히 설명해 줬다.

타도·토키토를 주창한 건 코테츠 혼자였고, 어디까지나 탄지로의 수련을 위해 이뤄진 전투 훈련은 남은 5개의 팔에 진검이 아닌 목검을 들려서 시작했다고 한다.

처음에는 목검에 얻어맞기 일쑤였지만, 이레째에 들어서 겨우 탄지로의 칼날이 요리이치 영식을 포착했다.

그러나 사람이 너무 좋은 탄지로는 그 순간 기계인형을 공격하기를 주저했다.

십중팔구 코테츠의 마음을 배려한 것이리라.

그 상냥함은 과연 무이치로가 아는 그다웠다.

"그래서 내가 말해 버렸어요. 베라고. 고장 내도 된다고. 내가 반드시 고쳐 놓을 거라면서."

탄지로는 그 말에 설득당해 요리이치 영식에 처음으로 일격을 가했다.

"그때 요리이치 영식 안에서 튀어나온 게 하가네즈카 씨가 연마하던 그 칼이에요."

"그게?"

그 칼 덕분에 탄지로는 상현4의 목을 벨 수 있었다.

그래서 코테츠도 자신의 재능에 미리 한계를 정하고 포기해 버렸던 태도를 버리고 열심히 노력했다. 탄지로는 자신의 말을 믿고 칼을 휘둘러 줬으니까.

하지만….

"부러진 머리랑 팔은 그럭저럭 고쳤는데요, 어디까지나 인형의 겉부분만이지, 안쪽의 기계 장치는…."

"안 움직여?"

"아뇨, 일단 움직이긴 움직여요. 간신히. 그치만 전처럼 기능하지는 않아요. 아무리 손을 봐도 전투 훈련용 동작을 재현할 수가 없어요…. 내가 무능한 탓에."

코테츠는 그 말을 마지막으로 입을 꾹 다물어 버렸다.

무이치로는 기계인형의 팔을 살며시 만져 봤다. 단단하고 차가운 나무의 감촉이 전해져 왔다. 이전에 대치했을 때는 피가 흐르는 인간으로 오인할 정도로 생동감이 넘쳤던 만큼 코테츠가 의기소침해지는 것도 이해가 갔다.

"일단 새로운 마을로 가져간 뒤에 거기서 천천히 수리하지 그래?"

라고 제안했다. 그러나 코테츠는 힘없이 고개를 저었다.

"텟친 님께서 말씀하셨어요. 마을이 이주를 완전히 끝낼 이틀 안에 다시 원래대로 작동할 기미가 보이지 않으면 요리이치 영식은 버리고 오라고."

가슴께에서 꼭 쥔 두 주먹이 바르르 떨렸다.

도깨비와의 싸움에 일륜도는 없어선 안 될 요소다. 도공 마을의 이전은 귀살대에게 필수 불가결했다. 때문에 신속하면서도 비밀리에 진행하므로 어쩔 도리가 없다고 했다.

"만에 하나라도 도깨비가 뒤를 밟지 않게끔 특수한 방법으로 짐을 옮기고 있어요. 그러다 보니 가져갈 수 있는 것에는 한계가 있어서…."

"도움이 안 될 물건은 필요 없다는 뜻이야?"

"…네."

코테츠가 고개를 푹 숙였다. 가면 아래로 작게 코를 훌쩍이는 소리가 들렸다.

무이치로는 기계 팔에서 손을 뗐다.

예전의 자신이라면 마을의 수장인 텟치카와하라 텟친의 말을 당연하다고 여겼으리라. 도움이 되지 않는 것은 필요 없다.

물건도, 그리고 사람도….

하지만 지금의 무이치로에게는 몹시 무정한 말로 들렸다.

코테츠의 조상이 전국시대에 만들었다는 기계인형은 그에게 있어선 부모의 유품이자 가족과도 같은 물건이었을 터였다.

"…그럼 도움이 되는 물건으로 돌려놓으면 돼."

무이치로가 중얼거리자 코테츠가 심히 당황하는 게 눈에 보였다.

"하지만 나에게는…."

"기계의 움직임이라면 내가 기억해. 물론 전부는 아니지만."

코테츠의 말을 끊으면서 무이치로가 말했다. 가면 아래에서 휘둥그레진 코테츠의 두 눈이 그를 쳐다봤다.

"둘이서 요리이치 영식을 고치자."

"토키토 씨, 괜찮아? 아직 열이 나는 거 아냐? 당신은 그런 소리를 할 사람이 아니잖아?"

깜짝 놀란 코테츠가 독설을 내뱉었지만, 개의치 않고 말을 이었다.

"내가 움직임을 재현할 테니 너는 그걸 외우거나 종이에 그리도록 해."

"어, 아….."

"이틀밖에 없으니까 서둘러야지."

"네, 네!"

코테츠가 허둥대면서도 고개를 끄덕였다.

그런 두 사람을 망가져 버린 기계인형의 두 눈이 지그시 바라보고 있었다.

"오른쪽 2번의 움직임은 이래."

"네."

"여기서 왼쪽 1번을 써서 이렇게 깊숙이 베어."

"이렇게요?"

"아니야. 이렇게. 조금 더 빠르고 날카롭게."

머리만으로는 도저히 암기할 수 없는 터라 열심히 붓을 놀리는 코테츠 앞에서 대원복 상의를 벗고 셔츠 차림이 된 무이치로가 요리이치 영식의 기본적인 공격 형태를 천천히 재현했다.

상의를 벗은 이유는 팔의 움직임을 코테츠가 이해하기 쉽게 보여 주기 위해서였다. 평소 그는 적이 다음 동작을 예측하지 못하도록 품이 넉넉한 대원복을 착용했다.

어느샌가 서쪽 하늘이 붉게 물들었다.

이쯤 되니 코테츠의 얼굴에 피로가 엿보이기 시작해서 무이치로가 휴식을 제안하자, 눈에 띄게 안도하는 기색으로,

"그럼, 내가 물을 떠 올게요."

라며 근처 연못까지 다녀왔다.

단풍나무 밑동에 등을 기대고 죽통에 담겨진 물을 마셨다. 방금 떠 온 물은 차갑고 은은히 달았다.

"…토키토 씨는 대단하시네요."

옆에 앉은 코테츠가 불쑥 중얼거렸다. 갑작스레 칭찬을 들은 무이치로가 고개를 갸웃거렸다.

"뭐야, 뜬금없이?"

"그도 그럴 것이, 딱 한 번 훈련했을 뿐인데 요리이치 영식의 움직임을 외웠잖아요. 보통 사람은 불가능할 거예요."

"전부 외운 건 아니지만."

"그래도 굉장해요. 그에 비해 나는⋯."

무이치로에게서 시선을 돌린 코테츠가 머리를 푹 숙인 자세로 한숨을 쉬었다. 10살 소년이 내쉬는 한숨치고는 꽤 무거웠다.

"토키토 씨가 이렇게 도와주고 있는데 지금도 정말로 나 혼자 고칠 수 있을지 불안해서 못 견디겠어."

"넌 아직 10살이잖아. 앞으로 얼마든지 달라질 수 있어."

"무리야!"

코테츠가 고개를 숙인 채로 소리를 버럭 질렀다. 그 목소리는 금세 작게 기어들어갔다.

"나에게는 도공으로서의 재능도 없는데 기계장치를 다루는 재능도 없어. 반편이야. 토키토 씨처럼 날 때부터 재능이 넘친 사람은 내 마음을 절대로 이해 못 해."

죽통을 꽉 쥔 소년의 두 손이 부들부들 떨렸다.

무이치로는 옆에 앉은 그에게서 시선을 돌려 눈앞에 펼쳐진 무성한 숲을 바라봤다.

"내가 너랑 같은 나이일 때는 아직 칼을 쥐어 본 적도 없었는데."

"엑…?"

코테츠가 놀란 듯이 고개를 들었다.

"대대로 귀살을 해 온 명문가 출신 아니에요?"

"우리 아버지는 나무꾼이셨어."

무이치로는 푸르른 나무들을 보며 뭔가를 그리워하는 눈웃음을 지었다.

"10살 때 부모님이 돌아가시고 그 뒤로 1년은 형이랑 둘이서 살았는데, 그 무렵의 나는 밥도 혼자서 지을 줄 몰랐고, 식칼도 제대로 쓰지 못했어. 나무를 베는 것조차 서툴러서 형한테 매일같이 혼났지. 무이치로의 무는 '무능'의 '무'. 무이치로의 무는 '무의미'의 '무'라고."

어이가 없을 정도로 할 줄 아는 게 없었다.

그리고 구제할 길이 없는 응석받이였다.

열심히 자신을 지키려는 형의 다정함을 깨닫지 못할 만큼.

"형은 나랑 다르게 뭐든 능숙히 해내는 사람이었으니까."

나무 베기도, 요리도 잘했다. 산짐승 손질도 재빨리 해냈다.

빈정거리면서도, 화내면서도, 무슨 일이 있을 때마다 무이치로가 가장 좋아하는 된장 무조림을 만들어 줬다.

국물이 골고루 잘 밴 다정한 맛이었다.

"형님도 귀살대에 계세요? 설마 형제가 나란히 주라거나?"

"형은 11살 때 죽었어. 도깨비한테 당해서."

"어…."

"내가 도깨비 사냥꾼이 된 건 그 이후의 일이야. 그러니까…"

"죄, 죄송해요!! 토키토 씨!"

코테츠의 얼굴이 순식간에 창백해진 것을 가면 위로도 알 것 같았다. 어찌할 바를 몰라서 자신의 실언을 사과하는 소년을 바라보면서 무이치로는 고개를 작게 갸웃거렸다.

"왜 사과해?"

"그거야 괜히 괴로운 일을 떠올리게 했으니…."

"탄지로랑 네 덕분에 나는 형을 기억해 낼 수 있었어."

"네? 나랑 탄지로 씨 덕분? 엥? 기억해 내요?"

오뚝이 가면이 어안이 벙벙한 표정으로 더듬거렸다.

영문을 알 수 없을 그에게 무이치로는 자신이 형의 원수인 도깨비를 죽일 때 빈사상태가 되면서 이전의 기억을 잃었던 것을 간략하게 이야기했다.

"하지만 이렇게 전부 떠올렸어. 너는 명치를 찔리면서도 나

를 구해 주려 했어. 나를 살리기 위해서. 마을의 모두를, 칼을
지키기 위해서."

'토키토 씨… 나, 나는 됐으니까… 하가네즈카 씨 좀… 구해
줘…. 칼을… 지켜 줘….'

그 말에 '자신'의 존재는 티끌만큼도 존재하지 않았다.
멸사(滅私)의 마음. 검사도 아닌 도공 아이가 자기 목숨을
희생해서 자신 이외의 모든 것을 지키려 했다.

"타인을 위하는 네 마음과 탄지로의 말이 나에게 소중한 것
을 떠올리게 해 줬어."
"토키토 씨…."
"고맙다."
줄곧 인사를 하고 싶었다.
"테스이도 씨에게도, 너에게도 고맙다는 말을 전해서 다행
이야."
"아뇨… 저야말로 감사합니다."
그 자리에 벌떡 일어선 코테츠가 머리를 꾸벅 숙였다.

"고마워… 토키토 씨."

"왜 네가 나한테 고맙다고 해?"

"아~ 코테츠 저기 있네! 드디어 찾았다~!"

그곳에 명랑한 목소리와 함께 칸로지 미츠리가 달려왔다. 손에는 대량의 주먹밥이 쌓인 거대한 접시를 들고 있었다.

"식량?"

"칸로지 씨? 여긴 웬일이야?"

소스라치게 놀라는 코테츠.

의아하다는 표정을 짓는 무이치로.

"역시 무이치로도 같이 있었구나. 잘됐다~"

미츠리가 천진난만하게 웃으며 주먹밥 접시를 두 사람 앞에 내려놓았다. 쿵 하고 주먹밥과는 어울리지 않는 둔탁한 소리가 났다.

"신세를 진 마을과 주민들이 그 뒤에 어떻게 지내는지 궁금해서. 이사 일손을 도우러 왔어. 그 왜, 나는 힘이 장사니까! 물건을 잔뜩 옮길 수 있잖아? 그런데 막상 와 보니까 짐 옮기기는 거의 끝난 거 있지. 어떡하면 좋을지 고민하던 차에 카나모리 씨를 만나서~"

미츠리가 그렇게 말하자 그녀 뒤쪽의 나무 그늘에서 카나모리가 고개를 빼꼼 내밀었다.

　무이치로가 "아~" 하고 끄덕였다.

　"그리고 '역시'라니?"

　"그게, 코테츠 소년이 집안에 대대로 내려오는 기계인형을 수리하지 못해 골치를 썩이고 있으니 아마 토키토 님도 그와 함께 계실 거라고 말씀드렸지요."

　오뚝이 가면이 위아래로 끄덕끄덕 움직였다.

　"그랬더니 주전부리를 만들어서 가신다기에 저도 도왔습니다."

　그렇게 말하는 카나모리의 오른손에는 커다란 주전자가 들려 있었고, 왼팔로는 찻잔 4개를 껴안고 있었다.

　"참고로 고급 옥로차예요."

　"쌀도 대부분 운반한 뒤라서 아주 조금밖에 못 만들었지만, 그만큼 짭짤하게 소금 간을 했고, 맛있는 매실장아찌도 있어."

　"아주 조금밖에 못 만들었지만…?"

　"칸로지 씨한테는 저게 아주 조금이야."

　산더미처럼 쌓인 주먹밥을 보고 기겁하는 코테츠에게 무이치로가 작게 속삭였다.

　그런 두 사람의 모습을 보고,

"우후후. 무이치로랑 코테츠, 이제는 친한 친구가 다 됐구나 ~"

귀엽다며 미츠리가 뺨을 붉게 물들였다.

"아뇨, 나 같은 게 주(柱)인 토키토 씨와 어찌 감히…."

"응, 친구야."

허둥지둥 정정하려는 코테츠를 한 번 힐끗 바라본 무이치로가 태연하게 말했다.

코테츠가 화들짝 놀란 표정으로 무이치로를 쳐다봤다.

"토키토 씨…?"

"전에 내가 한 말은 틀렸어."

'주의 시간과 너희의 시간은 그 가치가 전혀 달라.'

'도공은 싸우지 못해. 사람의 목숨도 구할 수 없어. 무기를 만드는 것밖에 아무 능력이 없으니까.'

'자신의 입장을 똑바로 이해하며 행동해. 무슨 갓난아기도 아니고.'

터무니없이 오만하며 부끄럽게 여겨야 할 언동이었다.

그때는 코테츠가 왜 울었는지, 탄지로가 왜 자신의 손을 때

리듯이 쳐냈는지조차도 이해가 가지 않았다.

배려심이 없다는 탄지로의 말이 백 번 천 번 옳았다.

'도공은 매우 중요하고 소중한 일이에요. 검객과는 또 다른, 엄청난 기술을 가진 사람들이라고. 왜냐하면 실제로 칼을 벼려 주지 않으면 우린 아무것도 못 하니까!'

'검객과 도공은 서로가 서로를 필요로 하는 사이예요.'

'싸우고 있기는 둘 다 마찬가지고.'

탄지로가 그렇게 화를 내며 타일러도 시답잖은 이야기라는 생각밖에 안 들었다. 무엇 하나 마음에 와닿지 않았다.

그때의 자신에게는 아무런 감정도 흐르지 않았다.

그야말로 도깨비를 사냥할 뿐인 기계인형이었다.

"이제 와서 늦은 감은 있지만 너에게, 너희에게 사과하고 싶어."

미안하다며 머리를 숙이자 코테츠의 양 어깨가 떨렸다. 고개를 숙인 채 뭔가를 꾹꾹 눌러 담고 있었다.

"나는 너와 카나모리 씨가 벼린 칼 덕분에 살았고, 탄지로는 하가네즈카 씨가 연마한 칼 덕분에 살았어. 검객도 도공도 함께 싸워. 탄지로 말이 맞았어."

무이치로가 진심을 담아 말했다.

끝내 억누르지 못했는지, 오뚝이 가면의 턱 밑으로 투명한 물줄기가 흘러내렸다. 가면을 눈 아래까지 끌어내리고서, 소년은 말없이 울었다.

그러자 카나모리까지,

"어른이 되셨군요… 토키토 님."

라고 말하며 덩달아 울기 시작했다.

이쪽은 아예 가면을 벗어서 홀쭉한 맨얼굴을 아낌없이 드러낸 채로 엉엉 울었다.

"테츠이도 씨가 지금의 당신을 보면 얼마나 기뻐하실지."

"나도… 나도 텟친 님이 벼려 주신 칼 덕분에 몇 번이나 목숨을 구했어어어…. 으아아아아앙!!"

잘 보니 미츠리까지 눈물, 콧물을 쏟으며 울고 있었다. 당장이라도 자기 칼에 뺨을 부빌 것 같은 그 모습을 보고,

"왜 카나모리 씨랑 미츠리 씨까지 울어?"

무이치로가 미간을 찡그리자,

"…토키토 씨."

코테츠가 가면 아래로 드러난 뺨을 손등으로 문지르면서 무이치로를 불렀다.

"주먹밥 다 먹으면 또 도와주실래요?"
"응, 함께 힘내자."

무이치로가 고개를 끄덕이자 코테츠가 눈물에 젖은 얼굴로 싱긋 웃었다.

"나도 응원할게! 밥도 잔뜩 만들어 줄 테니까 둘 다 힘내!! 으아아아아앙!!"

미츠리가 코테츠와 무이치로를 꼬옥 안으며 오열했다.

"그럼, 갑니다."

코테츠가 엄숙하게 말하며 인형의 목덜미에 위치한 구멍에 열쇠를 꽂아 넣었다.

기계인형이 칼을 들어 자세를 취한 다음 힘차게 발을 내디뎠다.

눈으로 포착할 수 없을 정도의 속도로 휘둘러지는 6개의 칼을 무이치로가 차례차례로 받아넘겼다.

기계인형은 이윽고 정지해 버렸지만, 물 흐르는 듯한 그 움직임은 틀림없이 이전에 대치했던 전투 훈련용 기계인형, 요리이치 영식의 움직임이었다.

마지막 날 저녁에서야 마침내 이만큼까지 수리한 것이다.

"하아…."

미츠리의 입에서 안도와 감탄의 한숨이 새어 나왔다.

코테츠가 모두를 향해 머리를 꾸벅 숙였다.

"지금은 아직 하나의 동작만 재현한 터라 여기까지밖에 움직일 수 없지만요."

"대단하다~ 코테츠."

"네. 사면초가인 상황에 용케 이만큼 해냈어요."

성대한 박수를 보내는 미츠리 옆에서 카나모리도 손뼉을 짝짝 쳤다. 그리고 감개무량해하며 고개를 끄덕였다.

"수장님 말씀이 맞았네요."

"수장? 텟친 님께서?"

"아~ 코테츠 소년. 이틀 안에 어떻게든 못 하면 버리라고 하셨잖아. 그거 거짓말이야."

"에에에에에에엑?!"

코테츠가 기절초풍했다. 미츠리도 "어머, 거짓말이야?!"라며 그 자리에서 펄쩍 튀어 올랐다.

"어? 엑? 왜 그런 심한 거짓말을 한 거야?"

"어째서야? 카나모리 씨."

무이치로마저도 질책하는 듯한 말투로 물었다.

"하아…."

카나모리는 뒤통수를 긁적긁적 긁더니 살짝 미안하다는 듯이 입을 열었다.

"수장님께서 말씀하시기를…."

'코테츠는 착한 아이다. 진지한 성격에 머리도 좋아. 냉정한 판단도 내릴 줄 알고, 분석력도 뛰어나지. 그렇지만 말이야….'

"그런 탓에 자신의 한계를 스스로 정해 버리기 십상이라고, 수장님은 걱정하셨어요."

'애당초 한계라는 걸 자기 손으로 그어 버리면 못써. 그건 자기 재능을 자기가 막아 버리는 짓이나 마찬가지라고.'

"그래서 코테츠를 분발시키기 위해 기한 내에 고치라는 거짓말을 하신 거야?"

"네, 그렇습니다."

무이치로의 말에 카나모리가 고개를 끄덕였다.

"옛말에 사중구활이라고 있지요. 막다른 길에 몰리면 코테츠 소년이 자신의 껍데기를 깨부수지 않겠느냐고 생각하신 모양이에요. 제게는 그 결과를 지켜보라는 임무를 맡기셨습니다."

텟친은 수장으로서 누구보다도 코테츠를 잘 알고 있었던 것이다.

"텟친 님께서 그런 말씀을….'

사려 깊은 수장의 말을 코테츠가 감사한 마음으로 곱씹었다.

"솔직히 저는 코테츠 소년이 포기할 줄 알았어요. 미안하구나. 내가 널 과소평가했어. 이렇게 사과하마."

"…아뇨. 나 혼자서는 무리였어요. 실제로 다 틀렸다고 징징거렸고요…. 토키토 씨가 도와주시지 않았다면 포기했을 게 분명해요."

진심으로 사과하는 카나모리에게 코테츠는 단호한 말투로 말한 다음 무이치로를 보면서,

"난 영식을 반드시 고칠게요. 그러면 반드시 전투 훈련을 하러 와 주세요."

라며 고개를 숙였다. 그리고 살짝 멋쩍어하면서,

"다음에는 제대로 조작해서 토키토 씨의 약점을 공략하는 동작도 추가할 테니까."

그렇게 덧붙였다.

그 말을 듣고 탄지로의 훈련 이야기를 떠올린 무이치로가,

"아, 그러고 보니 전에는 내가 마음에 안 들어서 가르쳐 주지 않았다고 했던가?"

"으아아… 죄송합니다."

딱히 빈정거릴 의도는 아니었으나, 코테츠가 한없이 작아졌다.

"그때는 다시마 머리라느니, 도도한 얼굴의 개자식이라느니, 난쟁이 똥자루, 다리 짧고 못생긴 놈 등등 실례되는 소리를 연발해서 죄송했어요. 지금은 그런 생각 눈곱만큼도 안 하니까요."

"그거 전부 내 얘기야?"

"으아아아앙! 죄송해요오오!!"

"됐어, 괜찮아."

신경 안 쓰니까, 라고 무이치로가 말하자 코테츠는 마침내 안심한 듯이 무이치로의 두 손을 잡았다.

"반드시예요? 반드시 와 주세요, 알았죠?"

"응."

무이치로가 끄덕였다.

소년의 손은 피부가 울퉁불퉁 두껍고, 물집과 오래된 상처 투성이였다. 자신의 목숨을 걸고 싸우는 사람의 손이었다.

자신과 같은 손이었다.

"수리가 끝나면 연락해."

"네."

"그때는 탄지로랑 네즈코, 겐야랑 다른 사람들도 모두 부르고, 카나모리 씨도 텟친 님도 다 같이 모여서 지난번처럼 맛있는 걸 먹자."

미츠리가 생글생글 웃으며 말했다.

참으로 미츠리다운 발상이었다. 그 어떤 괴로운 싸움 속에서도 그녀의 한없는 명랑함은 언제나 모두를 다정하게 비춰 준다.

"탄지로의 동기 아이들도 부르면 어떨까? 분명 굉장히 즐거울 거야~"

"…그래."

저도 모르게 무이치로가 미소 지었다. 의식한 것이 아니라 그 광경을 상상했더니 자연스럽게 웃음이 번진 것이다.

그 온화한 미소를 보고 그 자리의 모두가 깜짝 놀랐다.

언제 이루어질지조차 알 수 없는 약속.

불확실하고 아무런 보증도 없다.

더욱 격렬해지는 도깨비와의 싸움 중에 나누기에는 덧없을 만큼 무른 약속.

그러나 그것은 몹시 부드러운 빛이 되어 무이치로의 마음을 밝게 비췄다.

"꼭이야, 토키토 씨."

소년은 그렇게 말하고 무이치로와 미츠리의 모습이 시야에서 사라질 때까지 계속 손을 흔들었다.

"토키토?"

"……."

"괜찮은가?"

하늘을 올려다본 채로 말이 없어진 무이치로를 걱정하듯이 히메지마가 물었다. 도공 마을의 기억에서 돌아온 무이치로가 앞에 앉은 히메지마를 바라봤다.

"괜찮아요."

지금 들은 말뿐만 아니라 조금 전의 질문에도 해당되는 대답이었다.

빛이 감돌지 않는 히메지마의 눈동자지만, 그래도 똑바로 응시했다.

"저는 더 이상 텅 빈 무이치로가 아니에요."

함께 싸우는 친구가, 동료가 있다.

목숨을 걸고 지키기에 부족함이 없는 주군이 있다.

형은 자신을 싫어한 게 아니라 숨을 거두는 순간까지 소중하게 여겨 줬다. 무이치로의 무는 '무한'의 무라고, 그렇게 말해 줬다.

'아니… 달라.'

분명 자신은 이전에도 절대로 텅 비어 있지 않았다.

단지 그걸 깨달을 여유가 없었을 뿐이다.

'주로서 함께 노력하자.'

그렇게 말하며 어깨를 두드려 줬던 염주의 따스한 손을,

'과연 누가 알아줄까? 난 네가 사용한 칼을 보면 눈물이 난다.'

그렇게 말하며 끝까지 자신을 걱정해 줬던 나이 든 도공의 다정함을, 더 일찍 깨달았다면 좋았으련만.

"감사합니다, 히메지마 씨."

마음을 담아 짧은 인사를 건넸다.

가슴속으로 렌고쿠와 테츠이도, 자신을 염려하고 지탱해 준 모든 이들에게 고개를 숙였다.

"…나도 참, 괜한 걱정을 한 모양이군. 잊어 다오."

무이치로의 음성에서 이전과는 다른 뭔가를 느낀 히메지마가 빙긋 웃었다. 온화한 미소였다.

무이치로는 자리에서 일어나서,

"그럼, 다음 주합회의에서 뵙겠습니다."

"그래. 몸조심하거라."

히메지마의 인사에 가볍게 고개를 끄덕인 다음 정자를 뒤로 했다.

불어오는 바람에 눈을 가늘게 뜨면서 무이치로는 하늘을 올려다봤다.

구름의 흐름이 빠르다.

새하얀 구름 사이로 보이는 하늘은 눈이 시릴 만큼 새파랬다.

'지켜봐 줘, 형….'

가슴속으로 죽은 형을 떠올렸다.

11살이라는 어린 나이에 이 세상을 떠난 형.

툭하면 독설을 내뱉던 차가운 눈빛의 이면에는 틀림없는 다정함이 있었다. 무엇과 바꾸어서라도 동생을 지키겠다는 강한 신념이 있었다.

짧은 일생을 형은 필사적으로 살았다.

무이치로 자신 또한 당장 내일 어찌 될지 모르는 신세다.

도깨비 사냥 도중에 목숨을 잃을지도 모르고, 운 좋게 목숨을 건지더라도 자신의 수명은 25살이면 끝날 것이다.

하지만 신기할 정도로 두렵지 않았다.

형에게, 친구에게 부끄럽지 않게 살아가자.

그러면 언젠가 저세상에 갔을 때, 형은 웃어 주리라. "애 많이 썼구나, 무이치로."라고 칭찬해 주리라.

소년의 얼굴에 푸른 하늘을 연상시키는 밝은 미소가 떠올랐다.

제 5 화
중고등 통합교☆
귀멸 학원
이야기!!
~미드나이트 퍼레이드~

"자, 그럼 번거로운 인사는 생략하고, 카나에 선생님을 위하여 건배!"

우즈이 텐겐의 건배사에 맞춰서 여기저기서 유리잔 부딪치는 소리가 났다.

그들이 근무하는 귀멸 학원에서 도보 10분 거리인 이 술집은 아직 목요일인데도 취객들로 북적북적했다.

"이번에 너무 익숙하고 반가운 모교에 생물 교사로 부임하게 된 코쵸우 카나에라고 합니다. 모쪼록 선배 선생님들의 많은 지도와 편달을 부탁드리겠습니다."

카나에가 우아하게 고개를 숙였다. 그 가련한 모습에 곳곳에서 감탄이 새어 나왔다.

그녀의 여동생들도 상당한 미소녀라서 남학생들의 동경의 대상이지만, 카나에는 자신이 귀멸 학원 재학생이던 시절부터 남녀를 불문하고 경이로운 인기를 자랑했던 전설적인 인물이다.

'당분간 사내놈들이 시끌시끌하겠군.'

우즈이는 건배한 맥주를 마시면서 주변 테이블을 슬며시 관찰했다. 남교사뿐만 아니라 여교사들마저도 카나에의 일거수일투족을 넋을 잃고 바라보고 있었다.

실제로 어제 아침 조회 시간에 신임 교사로 부임한 그녀를 소개했을 때는 난리도 아니었다. 그중에서도 모 선도위원이 무지막지하게 흥분해서 모두들 그가 내지르는 듣기 싫은 고음 때문에 귀를 틀어막아야 했고, 모 체육교사의 철권이 작렬한 뒤에야 절친 두 명이 기절한 그를 회수해 갔다.

'그에 비해….'

우즈이가 같은 테이블에 앉은 교직원들 쪽으로 시선을 힐끔 돌렸다.

역사 담당 렌고쿠 쿄쥬로는 술은 마시는 둥 마는 둥, 연신 "맛있다! 맛있다!"라고 외치며 고구마 밥을 먹었고, 수학 담당 시나즈가와 사네미는 맥주를 물처럼 들이켜면서 영상 통화 중인 동생에게 수학 성적과 관련해 설교를 늘어놓고 있었다. 우즈이는 휴대전화 화면 너머의, 아마도 무릎을 꿇고 바들바들 떨고 있을 소년을 진심으로 동정했다.

1학년 죽순반 담임 히메지마 교메이는 어떤가 하면, 카나에가 재학 중일 때부터 귀멸 학원에서 교편을 잡았던 터라 흡사 보호자 같은 태도로 그녀를 대했다.

문제의 체육 담당 겸 선도위원 고문인 토미오카 기유는 느 릿느릿 안주를 집어먹으면서 술잔을 기울이고 있었다. 도통 대화에 참여를 안 했지만, 그건 딱히 기분이 별로라서가 아니 라 단순히 그가 뭔가를 먹을 때는 말을 못 하는 타입이기 때 문이다.

이놈들은 죄다 수도승이냐며 어이없어하면서도 이런 멤버 이기에 카나에와 같은 테이블에 앉혀졌겠거니 하고 살짝 납득 했다.

이 마이페이스 동료들 가운데 대화를 이끌어갈 사람은 오로 지 우즈이뿐이었다.

다행히도 대화 상대인 카나에는 비길 데 없는 굿 리스너라 서, 어떤 화제에도 진심으로 즐거워하는 반응을 보였다. 다만 우즈이가 최근 학생들 사이에서 화제인 괴담을 이야기하자 그 녀의 얼굴에서 미소가 사라졌다.

"생물실의 항아리와 복도를 기어 다니는 노인이요…?"

조각처럼 아름다운 턱에 손을 가져다대고 아주 잠깐 뭔가를 고심하는 듯했다.

"오? 카나에 선생님은 무서운 얘기 안 좋아해?"

우즈이가 농담조로 말하자 카나에는 다시 방긋 웃으며 고개를 저었다.

"아뇨. 굳이 따지자면 좋아하는 편이에요."

그러고는 진지한 얼굴로 돌아가서 말했다.

"하지만 학생들이 피해를 입는다면 교사로서 그냥 구경만 할 수는 없는 노릇이죠."

"전력으로 동의한다!! 카나에 선생님 말이 맞아!!"

두 눈을 부릅뜬 렌고쿠가 정신없이 먹던 고구마 밥 그릇에서 얼굴을 들었다. 수많은 학생들에게 사랑과 존경을 받는 그는 평상시에도 학생 사랑을 공언해 마지않는 열혈 교사다.

"학생들이 곤란을 겪고 있다면, 이 렌고쿠 쿄쥬로도 잠자코 있을 수 없지!"

"아니, 잠자코 고구마 밥이나 먹어. 너는."

"당장 내일 밤에라도 생물실과 복도를 순찰하러 가자고! 어때? 우즈이!!"

"왜 날 끌어들이는데. 그런 귀찮은 일을 왜 나서서 하냐?"

"학교의 평화를 지키는 건 우리들 교사의 본분이다!"

별안간 의욕을 불태우는 친구를 앞에 두고 우즈이는 맥이 빠져 버렸다. 렌고쿠가 이럴 때는 남의 말을 전혀 듣지 않아서 굉장히 성가셨다. 뭐라고 설득해서 이 동료를 포기하게 만들까 골머리를 앓고 있는데, 카나에가 "…괜찮으시다면." 하고 손을 들었다.

"저도 함께 가도 될까요?"

"뭐? 아니, 나는 안 가거든?"

"부탁드릴게요. 반드시 두 분께 도움이 되겠어요."

"그러니까 난 안 간다고."

"다 함께 학생을 지키자!! 좋지? 우즈이!!"

우즈이는 머리를 감싸 쥐고 싶어졌다. 절묘하게 대화가 안 통한다. 렌고쿠야 원래부터 매사에 고잉 마이웨이였지만, 카나에도 상당한 마이페이스였다.

무엇보다도 그늘 한 점 없이 초롱초롱한 네 개의 눈망울이 자신을 뚫어져라 바라보니 온몸이 근질거려서 견딜 수 없었다.

'후딱 끝내고 해산하면 되겠지, 뭐.'

어차피 아무것도 나오지 않을 것이다. 교내를 한 시간쯤 돌고 나면 포기하겠지.

"알았어, 알았어. 내일 밤 11시에 교문 앞에서 집합이다?"

"오오!"

"감사합니다."

렌고쿠와 카나에가 저마다 환한 미소를 지었다. 우즈이는 "그래, 그래,"라고 건성으로 대답한 다음, 맞은편에 앉은 히메지마 쪽을 바라봤다. 이렇게 된 이상, 나만 당할 수는 없다.

"물론 히메지마 선생님도 올 거지?"

"밤 순찰이라…."

우람한 체격에 비해 눈물이 많은 그는 따뜻하게 데운 정종을 마시다 말고 눈물을 줄줄 흘렸다.

"물론 참가하겠다고 말하고 싶지만… 공교롭게도 내일은 출장이라서 말이야. 몇 시에 돌아올지 확실하지 않으니 사양하지. 미안하다."

"에잇, 타이밍하고는. 시나즈가와, 넌 어때?"

우즈이가 히메지마의 오른쪽으로 시선을 돌렸다. 동료는 때마침 동생과의 통화를 마친 참이었다. 휴대전화에서 고개를 들고는 긴 앞머리 아래로 귀찮다는 표정을 지으며 이쪽을 째려봤다.

"아앙?"

수업 중에도 셔츠 단추는 전부 오픈. 노타이. 가까이 다가가기만 해도 아이들이 엉엉 울음을 터트릴 정도로 무섭게 생긴 얼굴에, 말투도 상당히 불량스럽지만 어린아이와 여성, 노인에게는 매우 상냥한 그는, 견원지간인 토미오카와 어쩔 수 없이 엮여야 할 때나 사랑하는 수학을 모욕당했을 때를 제외하면 매우 상식적인 인물이었다.

다만 셔츠 단추만은 잠그지 않는다. 절대로 잠그지 않는다. 관혼상제에도 잠그지 않는다.

"통화하면서도 얘기는 들렸지? 내일 학교를 순찰할 거야."

"미안한데, 난 참가 못 해."

"엉? 왜? 여자 만나냐?"

"뭐? 네놈이랑 똑같이 취급하지 마."

시나즈가와가 지긋지긋하다는 듯이 혀를 찬 다음 통명스럽게 말을 이었다.

"금요일 밤엔 대체로 엄마가 늦게까지 야근하시니까."

직장 앞으로 마중을 나간다는 뜻이리라. 아니면 아직 어린 동생들을 위해 일찍 집에 돌아간다거나.

시나즈가와의 부친은 그가 어릴 때 세상을 떠나서 모친이 홀몸으로 뼈 빠지게 일해 7남매를 키워 주셨다고 했다. 때문에 이 동료는 어머니를, 그리고 가족을 끔찍이도 아꼈다.

"여전히 가정적인 형님이시구만."

"시끄러워."

우즈이가 놀리자 시나즈가와는 투덜거리며 고개를 홱 돌렸다. 그런 그를 모두가 흐뭇한 얼굴로 바라봤다.

"…그럼, 토미오카."

우즈이는 자신의 오른쪽을 쳐다봤다.

"넌 어때?"

이제까지 단 한마디도 꺼내지 않았던 토미오카는 입 안의 음식을 삼킨 다음 천천히 입을 열었다.

"……나는…."

"다른 볼일이 없으면 너도 참가 결정."

술에 취한 탓인지 평소 이상으로 더듬더듬 말하는 동료가 답답했던 우즈이가 반강제로 대화를 끝내 버렸다. 그때 닭날개와 문어 튀김, 연어 무조림이 산더미처럼 담긴 접시가 서빙됐다. 좋아하는 음식들의 등장에 토미오카의 두 눈이 고요히 반짝였다.

"자, 마시자고."

그렇게 말하며 술잔에 술을 따라 주자 과묵한 동료는 고개를 끄덕이고는 다시 묵묵히 술을 마시기 시작했다.

그 후, 카나에의 환영회는 자정을 넘어서까지 이어졌고, 다음 날 아침에 다수의 교사들이 숙취와 수면 부족으로 끙끙 앓으면서 교단에 섰다.

…그리고 약속한 밤 11시.

"으, 추워…. 아직 밤에는 의외로 쌀쌀하구나."

우즈이는 세차게 불어오는 밤바람에 몸을 둥글게 웅크렸다. 어쩌다 보니 일찍 도착해 버린 나머지 본인 말고는 아직 아무도 없었다. 추위도 추위지만, 어제의 숙취가 아직 남아 있었다. 그리고 졸렸다.

잠을 깰 요량으로 껌을 질겅질겅 씹으면서, 따분하니까 휴대전화나 만지작거리고 있을 때,

"늦어서 미안해."

"왜 이제 와, 토미오…."

우즈이가 돌아보자 한손을 들고 달려오는 토미오카 기유의 모습이 있었다. 그 반짝반짝 빛나는 미소에 부풀어 오르던 풍선껌이 도중에 팡 하고 터졌다.

토미오카는 우즈이의 앞까지 다가온 다음 주변을 둘러보며 안도의 한숨을 내쉬었다.

"아직 다른 멤버들은 도착하지 않은 모양이네. 다행이다, 6월이라고는 해도 아직 밤은 추운데 카나에 선생님을 밖에서 오래 기다리게 한 게 아니라서."

"……"

"아, 우즈이 군은 춥지 않아? 혹시 필요하면 내 윗도리 벗어 줄까?"

"누구야, 넌?!"

마침내 제정신이 돌아온 우즈이가 외쳤다. 토미오카가 놀란 표정으로 두 눈을 깜빡이면서,

"어? 누구냐니…. 토미오카 기유인데?"

"'토미오카 기유인데?' 좋아하시네. 내가 아는 토미오카는 이렇게 상큼한 녀석이 아냐. 무슨 생각을 하는지 알 수 없는 눈을 한, 음침하고 말없는 무뚝뚝남이지."

"말이 너무 심하네…. 우즈이 군은 그동안 날 그렇게 생각한 거야?"

"애초에 그 '우즈이 군'은 또 뭐야? 네가 대체 언제부터 날 그런 호칭으로 불렀냐고."

우즈이가 뒤늦게나마 몸을 부르르 떨었다. 하도 기분이 나빠서 양팔에 빼곡하게 닭살이 돋았다.

'어떻게 된 거야, 이 자식….'

그러고 보니 어제 술자리에서 토미오카가 먹은 연어 무조림에 수상한 버섯이 들어 있었다. 가게 측에서는 조리 중 실수로 섞여 들어간 것이라고 설명하며 사죄했지만. 혹시 그것의 영향은 아닌지 우즈이가 의심할 때,

"미안! 내가 좀 늦었다!!"

"아, 렌고쿠. 마침 잘 왔⋯."

목소리가 들리는 쪽으로 고개를 돌린 우즈이였으나, 친구가 등에 짊어진 더럽게 큰 등산용 가방을 보고 머리를 감싸 쥐었다.

"야, 너⋯ 우리가 어디 갈 건지 제대로 들은 거 맞아? 그 가방은 뭔데?"

"센쥬로가 몹시 걱정해서 말이야. 집에 있는 소금이란 소금은 전부 모아서 챙겨 줬어."

"거기 든 게 전부 소금이라고?! 집에 웬 소금이 그렇게 많아?"

"굵은 소금, 꽃소금, 그리고 암염(岩塩)도 있다! 소금 전병

도!!"

"소금 전병은 뭐 하러 가져와? 순찰 중에 먹게? 가만…, 이 암염 무지 크네. 거의 갓난아기 크기잖아."

"정말이네. 이런 암염은 어디서 팔아?"

힘이 쭉 빠진 우즈이의 옆에서 고개를 빼꼼 내민 토미오카가 두 눈이 초승달처럼 휘어지도록 생글생글 웃었다.

"그건 그렇고 센쥬로 군은 형 사랑이 지극한 착한 동생이구나~ 나한테는 누나만 있고 동생은 없어서 참 부러워."

그 상큼한 말투에 방금 전까지 골치 아파하던 문제를 떠올린 우즈이가 렌고쿠의 어깨를 붙잡았다.

"렌고쿠, 토미오카가 이상해."

"토미오카가?"

렌고쿠가 어리둥절한 표정을 지었다.

"또 그 소리야?"

토미오카가 그렇게 말하며 난처하다는 듯이 어깨를 으쓱였다. 일부러 과장스럽게 하는 그 동작이 죽도록 얄미웠다. 토미오카는 우즈이에게서 렌고쿠 쪽으로 시선을 옮기고는,

"그는 아까부터 계속 이 소리야. 렌고쿠 군, 너도 우즈이 군에게 뭐라고 한마디 해 주지 않겠어?"

'그 말투부터가 이상하기 짝이 없잖아. '그는'은 뭔데, '그는'은!'

약이 바짝 오른 우즈이가 "어때, 이상하지?"라며 렌고쿠를 바라봤다. 그러나 동료는 "음! 확실히 이상하군!!"이라고 동의해 주기는커녕 도리어,

"어떻게 이상하다는 거지?"

라며 반문했다.

"뭐? 아니… 어떻게 이상하기는."

뜻하지도 못한 질문에 우즈이는 말문이 막혔다. 친구의 두 눈에는 일말의 의심도 보이지 않았다.

"토미오카가 이상하다며? 어디가 이상하지?"

"으…."

설마 렌고쿠에게는 토미오카의 상태가 평소랑 똑같아 보이는 건가? 이 전형적인 상큼 꽃미남으로 전락한 체육 교사가….

'어디가 이상하기는, 모조리 다 이상하잖아. 하나부터 열까지 과할 정도로 이상한데.'

상황이 이렇게 되자 이 자리에 시나즈가와 사네미가 없는 게 너무 원통했다. 제법 천진한 구석이 있는 렌고쿠가 아닌 그

였다면 우즈이가 원하는 반응을 보여 줬으리라.

거기까지 생각하다 퍼뜩 사고가 정지했다.

정말로 그럴까?

'애초에 토미오카는 어떤 녀석이었지?'

위화감을 조금도 품지 않은 렌고쿠 때문에 우즈이가 게슈탈트 붕괴를 일으켰다.

토미오카. 토미오카 기유. 평상시의 토미오카….

점점 자신감이 사라졌다. 동료의 얼굴이 머릿속을 가득 메운 순간, 뚝 하고 뭔가가 끊어지는 소리가 들렸다.

'…아 모르겠다, 이젠.'

애당초 자신이 왜 이렇게까지 토미오카 생각을 해야 하는 것인가.

'기분 탓이야, 기분 탓.'

순식간에 모든 것이 부질없게 느껴진 찰나, 마침 적절한 타이밍에 카나에가 도착해서 일동은 밤 순찰을 개시하게 됐다.

줄지어서 교문을 지나 건물 내부로 들어갔다.

당연한 일이지만 한밤중의 학교는 매우 캄캄해서 마치 낯선

건물처럼 느껴졌다.

"으음, 어두컴컴하군."

"좀 유치한 소리지만 담력 테스트를 하는 것 같아서 가슴이
두근두근해."

"발밑 조심해, 카나에 선생님."

"네, 고맙습니다."

어두운 복도를 손전등을 든 렌고쿠와 휴대전화 불빛을 켠
우즈이가 앞장서고, 카나에와 토미오카가 뒤따라서 걸었다.

"우선 생물실의 항아리부터 확인하자."

복도를 기어 다니는 노인은 정확히 어디에 나타나는지 알려
진 바가 없었다. 그러므로 먼저 소재지가 분명한 쪽부터 가 보
기로 한 것이다.

"음! 분명 노인이 튀어나온 항아리가 생물실을 기어다닌다
고 했지?!"

"두 가지 이야기가 섞였잖아."

덕분에 더욱 그로테스크한 괴담이 탄생했다.

그래서 생물실까지 가는 길에 두 종류의 괴담을 정리해 보기로 했다.

"일단 항아리 쪽은…."

· 입은 3개에 눈이 1개. 손이 잔뜩 달렸다.

· 그 요괴에게 찍힌 사람은 질리도록 조롱을 듣는다.

· 무슨 소린지 모를 자기 자랑을 무시하면 모든 손으로 간지럽힌다.

· 틀림없이 모태솔로다.(기계를 매우 좋아하는 한 소년의 증언)

· 잘 보면 좌우 밸런스가 약간 안 맞고, 그걸 지적하면 격노해서 심한 욕설을 퍼붓는다.

· 자기가 예술가라도 되는 줄 알며, "효옷!" 하고 천박하게 웃는다.

"그리고 다음, 복도를 기어 다니는 요괴는…."

· 울면서 교내의 복도를 기어 다닌다.

· 언제나 원망하는 말을 늘어놓는다.

· 언뜻 봤을 때는 전통 복장을 입은 노인이지만, 잘 보면 두 개의 커다란 뿔과 엄니가 있으며 인간의 모습이 아니다.

· 자기보다 체구가 작은 사람을 보면 달려들어서 소지품을 훔친다.

· 중등부 토키토 군을 덮치려다 도리어 세게 걷어차인 바람에 머리에 커다란 혹이 있다.

"막상 이렇게 정리하고 보니까 의외로 시답잖네."

우즈이가 한숨을 쉬었다.

조롱이니 간지럼, 물건을 훔치는 짓 등 인간도 저지를 수 있을 법한 피해들뿐이다.

둘 다 징그러운 겉모습을 빼면 단순히 성가시게 구는 것뿐이며, 특히 복도를 기어 다니는 요괴 쪽은 중등부 소년에게 된통 당했다. 솔직히 이걸 군이 확인해서 퇴치할 필요가 있나 싶었다.

원래부터 거의 없었던 의욕이 더 사그라졌다.

그런 우즈이와는 반대로,

"결코 용서 못 해!!"

렌고쿠는 웬일로 정색하며 화를 냈다.

"상대가 싫어하는 짓은 하면 안 돼!!"

"그야 뭐, 그렇긴 한데….."

"학생들을 다치게 하는 건 그 정체가 무엇이든 용서 안 한다!! 이 렌고쿠 쿄쥬로가 기필코 쳐부수겠어!"

열혈 역사 교사가 큰 소리로 선언했다.

그러자 그 선언에 대항하듯이 어둑어둑한 복도 안쪽에서 귀에 굉장히 거슬리는 소리가 들려왔다.

질질질… 질질질….

무언가가 바닥을 기어 다니는 소리였다.

거기에 중간 중간 흐느껴 우는 소리도 함께 들렸다. "어째서야."라며 쉰 목소리로 신음했다.

"…왜 모두가 날 괴롭히는 거냐…. 나쁜 짓이라곤 단 한 번도 저지르지 않았건만… 어째서….."

원망 섞인 그 목소리는 계속해서 주절주절 말을 이었다.

"난 잘못 없어…. 아무 잘못도 없어…. 이 손이 잘못한 거

다…. 그런데 왜 하나같이 날 괴롭히지…? 아아…. 원통하다, 원통해애애…. 이 세상은 '약자'를 괴롭히는 극악무도한 놈들 뿐이다…."

걸음을 멈춘 우즈이가 목소리가 들리는 쪽으로 휴대전화를 들이밀자,

"히이이이이이이이이이익!"

휴대전화 불빛이 비추는 곳에는 쩍쩍 갈라진 피부에 두 개의 뿔이 난 노인이 과장스럽게 몸을 떨고 있었다. 예스러운 옷을 입은 그 모습은 얼핏 인간 같기도 하지만, 자세히 들여다보니 괴물로밖에 보이지 않았다. 이마부터 정수리에 걸쳐 불룩 튀어나온 혹은 아까 언급된 중등부의 토키토 군이 먹인 발차기의 산물이리라.

'…이럴 수가. 정말로 있잖아?'

십중팔구 학생들이 지어낸 뜬소문일 줄 알았던 것이 설마 실재할 줄이야….

뭘 어떻게 해야 할지 바로 판단이 서질 않았다. 이게 사람이라면 문답무용으로 두들겨 패서 상황을 정리했을 텐데….

요괴 상대로도 주먹으로 해결이 될지가 의문이었다.

"어이, 렌고쿠. 일단 소금 뿌려, 소금."

그렇게 말하며 옆을 쳐다봤으나 그곳에 동료의 모습은 없었다.

"어? 이 자식, 어디로… 헐?"

우즈이는 걸음을 멈추기는커녕 급기야 요괴의 바로 옆을 성큼성큼 지나가는 렌고쿠를 발견하고 눈을 동그랗게 떴다.

'저 녀석, 뭐 하는 거지? 설마 무서워서 보이지 않는 연기라도 하는 건가? 아니, 아냐. 다른 사람도 아니고 쟤가 그럴 리 없잖아.'

학창시절부터 알고 지낸 사이지만, 우즈이는 그가 무언가에 겁을 내는 모습을 본 적이 없었다.

무엇보다도 학생을 위해 반드시 쳐부수겠다고 말한 게 바로 방금 전 일이지 않은가.

'뭐지, 무슨 작전이라도 있는 거야? 하지만 저 녀석이 그렇게 머리를 굴리는 타입이던가?'

혼란스러워하는 우즈이의 등 뒤에서 카나에가 조심스럽게 움직였다. 그제야 그녀의 존재를 떠올렸다.

"카나에 선생님, 괜찮아?"

이렇게 소름끼치는 것을 눈앞에서 목격했으니 분명 겁을 먹었으리라고 생각한 우즈이가 신임 여교사를 걱정했다.

"무서우면 눈 감고 나한테 꼭 붙어 있….”

우즈이가 거기서 말을 멈춘 것은 그녀가 조금도 무서워하는 기색이 없었기 때문이다.

미모의 생물교사는 우즈이의 옆을 슥 지나서 노인 요괴와 대치하더니 낭랑한 목소리로 "임(臨)·병(兵)·투(鬪)·자(者)·개(皆)….”라고 주문을 외기 시작했다.

아홉 글자의 주문을 모두 외친 다음 재킷 안주머니에서 부적으로 보이는 물건을 꺼내 노인의 이마를 향해 던졌다.

부적이 혹에 닿은 순간, 요괴의 몸이 불타올랐다.

"끄아아아아아아아아아아아아아아아아아아악!!!!!!!!!”

노인이 절규했다.

요괴의 육체는 순식간에 타들어 갔고, 불이 꺼진 뒤에 남은 재도 이내 사라졌다.

주위에 견디기 어려운 침묵이 감돌았다.

"…이게, 무슨.”

믿기지 않는 광경에 우즈이가 어리둥절해 있자 카나에가 싱긋 미소를 지었다.

"이제 괜찮아요.”

"히익!”

하이톤의 비명을 지르며 놀란 건 우즈이가 아니라 토미오카였다.

슬금슬금 뒷걸음질을 치며 카나에에게서 떨어졌다.

"자, 그럼 갈까요?"

아무 일도 없었다는 듯이 일동을 재촉하는 카나에에게 참지 못한 우즈이가 "이봐."라고 말을 걸었다.

"지금 그건…."

"네? 뭐가요?"

선녀처럼 아름다운 미소가 이쪽을 돌아봤다. 평소와 다르지 않은 온화한 목소리가, 그리고 우아한 몸짓이 반대로 아무것도 묻지 말라고 위협하는 것 같아서 우즈이는 그 이상 묻지 않기로 마음먹었다.

여자가 이럴 때는 어떤 질문을 던지든 헛수고다.

우즈이는 경험을 통해 그걸 잘 알고 있었다.

"왜 그러지?! 한시라도 빨리 생물실로 향하자고!!"

앞서 걸어가던 렌고쿠가 다른 일행이 따라오지 않는 것을 이제야 알아차렸는지 복도 끝에서 힘차게 손을 흔들었다.

이쪽 역시 평소와 똑같았다. 아니, 너무 똑같아서 문제였다. 바로 지금 이 자리에서 벌어진 기묘한 일을 눈곱만큼도 신경

쓰지 않는 듯했다.

우즈이는 위화감을 느끼면서도 의기양양하게 생물실로 향하는 동료의 뒤를 따랐다.

그런 우즈이의 등에 바짝 붙어서 토미오카가 종종걸음으로 따라왔다.

얼마나 카나에가 무서우면 연신 뒤돌아보면서 그녀와 일정 거리를 유지했다.

뭣하면 우즈이의 팔에 매달릴 기세였다.

'이봐, 이봐… 아무리 그래도 너무 겁내는 거 아냐?'

이쪽은 이쪽대로 이상했다.

이렇게나 겁이 많은 남자였던가?

그러나 애당초 토미오카에 관해선 하나부터 열까지 알 수 없게 돼 버린 지 오래였다. 우즈이는 일찌감치 깊게 고민하기를 관뒀다.

그리고 어쩐지 묘한 한기가 느껴졌다. 심지어 몸까지 나른해서 견딜 수 없었다.

얼른 끝내 버리고 라멘이라도 먹으러 가자며 우즈이는 걸음을 약간 재촉했다.

생물실 앞에 다다른 우즈이는 카나에를 돌아봤다.

"그러고 보니까 카나에 선생님은 그 이상한 항아리를 본 적 없어?"

"네… 그 비슷한 것들도 전혀요."

카나에가 왠지 모르게 아쉬워하는 말투로 대답했다.

아쉬워 보이는 게 마음에 걸렸지만, 생물 교사인 그녀가 본 적이 없다면 언제나 생물실에 있는 건 아닌 듯하다.

"여기저기 이동하나? 항아리가? 에이, 설마…."

우즈이가 혼잣말을 하면서 생물실 문을 열었다.

"생물실 안은 매우 캄캄하니까 모두들 조심하세요."

카나에가 일동을 향해 상냥하게 말했다. 배려해 주는 그녀에게 토미오카는 무례하게도 "힉!" 하고 비명을 질렀다.

암막 커튼을 친 실내는 확실히 어두웠다. 다른 교실이나 복도에 비할 바가 아니었다. 그러나 문제의 항아리는 금방 발견됐다.

항아리 입구에서 추악한 생물이 마치 램프의 요정처럼 뿜어져 나온 상태였기 때문이다. 미술 교사인 우즈이가 보기에도 굉장히 기괴한 광경이었다.

"이게 누구야, 멍청한 선생들 아니신가. 이 콧코에게 뭔가 용무라도 있어서 오셨나? 효훗!"

콧코라는 이름의 그는 어지간히 지루했는지 교실에 들어온 우즈이 일행을 보자 기쁜 얼굴로 씨익 웃었다. 그러고는 곧바로 값을 매기는 듯한 끈적진 시선을 이쪽으로 보내 왔다.

"흥. 죄다 심미안이라곤 없어 보이는 원숭이들뿐이지만, 그것 또한 여흥이지."

"…야아~ 짜증 나는 점도 역겨움도 소문 이상이로구만."

우즈이가 미간을 찌푸렸다.

그러자,

"뭐라고?!"

라고 렌고쿠가 외쳤다.

"항아리 요괴가 있어?! 어디지?!"

"어디고 자시고, 우리들 바로 앞에 있잖아."

"음?! 어디?!"

암염을 손에 든 동료는 전혀 생뚱맞은 방향을 바라봤다.

"암막인가?! 암막 뒤에 숨었어?!"

"아니, 말했잖아. 바로 앞에 있다고. 너 왜 그래, 아까부터."

인상을 쓰는 우즈이에게 카나에가 조용히 귓속말을 했다.

"우즈이 선생님, 렌고쿠 선생님에게는 저 요괴가 보이지 않아요."

"뭐? 저렇게 똑똑히 보이는데?"

"그런 분이 가끔 계세요. 너무 긍정적이라서 에너지가 넘치는 분이나, 또는 굉장히 둔감한 분이면…."

전자는 그렇다 치고, 후자 쪽은 다소 말하기 껄끄러운지 카나에가 말끝을 흐렸다.

초 포지티브&에너제틱 하면서 터무니없이 둔감.

그야말로 이 동료를 위해 존재하는 것 같은 표현이지 않은가.

우즈이는 조금 전에 렌고쿠가 보인 이해할 수 없는 행동을 떠올리고 미간의 주름을 풀었다.

"설마 아까 영감 요괴가 나타났을 때도…."

"네, 보이지 않으셨을 거예요. 어쩌면 목소리도…."

우즈이가 카나에와 대화하는 동안에도 렌고쿠는 매의 눈으로 주변을 둘러보면서 학생들을 괴롭히는 괴기 현상을 열심히 찾고 있었다.

"숨지 말고 나와라!! 정정당당하게 승부하지 않겠나!!"

"이건 또 뇌까지 근육으로 되어 있는 녀석이로군요. 나의 이 아름다운 모습도 보이지 않는가 보군. 대체 얼마나 둔한 것인지."

콧코가 효훗 하고 신경 거슬리는 웃음소리를 냈다. 그 말에 발끈한 우즈이가,

"렌고쿠, 칠판의 오른쪽 가장자리다. 수조가 있는 쪽."

"그쪽인가!! 알았다!!"

힘차게 고개를 끄덕인 렌고쿠가 암염을 꽉 쥔 손을 크게 휘둘렀다.

…직후.

어마어마한 충돌음과 함께 칠판에 암염이 꽂혔다.

"훗…."

콧코의 세 개의 입에서 얼빠진 비명이 새어 나왔다.

"어때, 우즈이?! 명중했어?!"

아쉽게도 거대한 소금 덩어리는 콧코를 겨우 몇 센티미터 차이로 빗나갔다. 그러나 새파랗게 질린 괴물은 순식간에 조용해져서는 살금살금 항아리 안으로 도망쳤다.

그 순간을 노렸다는 듯이 카나에가 항아리로 접근하더니 입구에 부적을 착 붙였다. 그리고 "훌륭하세요."라며 렌고쿠를 칭찬했다.

"렌고쿠 선생님 덕분에 학생들은 더 이상 조롱받지도, 욕설을 듣지도, 간지럼을 당하지 않아도 돼요."

"그런가! 그거 다행이다!!"

와~ 하고 사랑스럽게 손뼉을 치는 카나에에게 렌고쿠가 명랑하게 웃으며 화답했다.

'이 자식… 물리적인 힘으로 격퇴해 버렸어.'

우즈이가 약간 기겁한 상태로 동료를 바라봤다.

"왜 그러지? 우즈이."

"아냐."

왠지 모르게 시선을 피하자 백지장처럼 질린 토미오카와 눈이 마주쳤다. 그 안색이 하도 나빠서 흠칫 놀랐다. 마치 죽은 사람 같았다.

"토미오카, 너 괜찮아?"

"괘, 괜찮아, 우즈이 군. 그… 렌고쿠 군이 여러모로 굉장해서 좀 놀란 것뿐이니까…. 하… 하하핫!"

토미오카는 애써 웃음을 지어 보였지만, 눈은 웃고 있지 않았다. 이가 덜덜 떨리고 땀도 뻘뻘 흘러내렸다. 누가 봐도 괜찮지 않았다.

"다음은 복도를 기어 다니는 요괴로군!!"

렌고쿠가 쇠뿔도 단김에 뽑자는 기세로 생물실을 뛰쳐나갔다.

그는 카나에가 이미 그 노인을 물리쳤다는 걸 몰랐다. 우즈이가 그걸 알려 주려는 찰나,

"찾았다!"

교실 밖에서 친구가 외쳤다.

"위층이야!!"

"뭐? 그 녀석이라면 카나에 선생님이 아까…."

우즈이가 복도로 얼굴을 내밀었을 때, 렌고쿠는 생물실 옆에 위치한 계단을 여섯 칸씩 뛰어 올라간 뒤였다.

"그러니까, 그 녀석이라면 이미 카나에 선생님이 퇴치했어."

그렇지? 라며 우즈이가 자기 뒤로 다가온 카나에에게 동의를 구하자, 난처한 표정이 된 카나에가 말했다.

"…저도 위층에서 소리가 나는 걸 분명히 들었어요."

'찰딱찰딱' 거리는 발소리였다고 한다.

"도둑일지도 몰라."

"아니, 아무리 그래도 그런 어이없는 발소리를 내는 도둑이 있을까?"

애초에 여기는 학교다. 돈이 될 물건은 거의 없다.

그렇다고 학교를 노리는 도둑이 없느냐면 꼭 그런 것도 아니다. 바로 얼마 전에도 어느 고등학교에서 모든 컴퓨터를 최신형으로 바꾸자마자 몽땅 도난당했다는 이야기를 들었다.

설마 아니겠지 하면서도 우즈이는 렌고쿠를 따라서 계단을 올라갔다.

예상한 대로, 그곳에 있는 건 도둑 따위가 아니었다.

"너희… 이 시간에 여기서 뭐 해?"

그 낯익은 얼굴을 보고 우즈이가 한쪽 눈썹을 치켜 올렸다.

카마도 탄지로와 아가츠마 젠이츠, 그리고 하시비라 이노스케.

세 사람 모두 우즈이가 리더인 밴드, 하이카라 반카라 데모

크라시의 멤버였다.

✵

"요컨대, 재미가 아니라 하급생들이 무서워하는 괴담을 너희 손으로 해결해 보고자 했다… 그런 거로군?"

렌고쿠가 재차 확인하자 탄지로가 세 사람을 대표해서 "네."라고 기특하게 고개를 끄덕였다. 성실한 그는 완전히 풀이 죽어서 양 눈썹을 아래로 축 늘어뜨리고 있었다.

"제 여동생의 친구들도 모두 무서워해서, 어떻게든 해야겠다고 생각했어요."

그래서 친구 두 명에게 상담하자 흔쾌히 도와주겠다고 했다는 모양이다.

"이 몸은 요괴 따위한테 지지 않아!! 반드시 이긴다!"

이노스케가 당당하게 가슴을 폈다. 그리고는 흥 하고 코웃음을 쳤다.

"뭐니 뭐니 해도 나는 두목이니까. 쫄따구들한테만 위험한 일을 시킬 수는 없지."

일단은 이쪽도 선의에서 우러난 행동이었던 것 같다.

렌고쿠가 마지막 한 명을 보자 그는 황급히 다부진 표정을 지었다.

"저 또한 오로지 학교의 평화를 지키고 싶은 마음뿐이에요."

"아, 그러십니까. 그래서? 본심은?"

우즈이가 즉각 되물었다. 젠이츠는 두 눈을 부릅떴다.

"그야 물론 여자애들이 무서워하는 괴담을 제가 해결하면 인기 넘버원이 될 테니까 그렇죠! 나도 이제 내년 밸런타인데이에는 초콜릿을 받을 수 있어!!"

콧구멍을 한껏 벌름거리면서 단숨에 속마음을 쏟아냈다. 이윽고 퍼뜩 제정신이 돌아온 젠이츠의 얼굴이 창백해졌다.

우즈이가 코웃음을 쳤다.

"무심결에 실토했군. 이놈만 다른 이유야."

"방금 그건 완전히 유도 심문이야!! 부당한 자백 강요라고! 이 비겁자!!"

"유도 좋아하시네. 네가 멋대로 주절주절 떠들었잖아, 이 멍청아."

우즈이가 지긋지긋하다는 듯이 시끄럽게 악을 쓰는 젠이츠에게서 시선을 돌렸다.

"그래서? 이 녀석들을 어떡하지?"

렌고쿠는 "끄응." 하고 신음한 다음 삼인방을 바라봤다. 탄지로는 잔뜩 위축됐고 이노스케는 득의양양하게 뽐냈으며, 젠이츠는 "아니야… 그게 아냐~"라며 어둠 속에서도 튀는 금발 머리를 감싸 쥐고 있었다.

"노란 소년은 비록 불순한 목적이 있었지만, 학교와 다른 학생들을 위하는 너희의 마음은 훌륭해. 하지만 이유가 어떻든 간에 이런 시간에 허락 없이 교내에 숨어들어오는 건 바람직하지 않구나."

렌고쿠가 교사답게 타이르듯이 말했다. 그러자,

"허락은 받았는데?"

이노스케가 귓구멍을 후비며 반론을 제기했다. 우즈이가 "엉?" 하고 이노스케를 노려보자 친구를 감싸듯이 앞으로 나온 탄지로가 "아뇨, 사실은."이라며 설명을 대신했다.

"저희도 불법침입은 안 될 것 같아서 토미오카 선생님께 상담 드렸더니 함께 와 주셨어요. 지금은 화장실 가셨는데."

그 말을 들은 우즈이가 "핫!" 하고 웃었다. 젠이츠는 그렇다 쳐도 이노스케와 탄지로가 말도 안 되는 거짓말로 위기를 모면

하려고 한 것은 뜻밖이었지만, 이번만은 상대를 잘못 골랐다.

"이봐, 이봐. 밋밋한 거짓말 늘어놓지 마. 토미오카라면 여기에…."

그렇게 말하며 뒤돌아섰다. 하지만 그곳에 동료의 모습은 없었다.

"토미오카?"

아직 아래층에 있나? 그러고 보니 안색이 안 좋았지. 그런 생각을 하며 계단 아래를 내려다보려고 하는데,

"불렀나?"

퉁명스러운 목소리와 함께 토미오카 기유가 남자 화장실에서 나왔다.

"너… 어? 화장실에 있었어?"

"있었다."

"아니, 아니, 아니, 누굴 속이시려고. 넌 아까부터 쭉 우리랑 같이 있었잖아."

"없었다."

"아니, 있었잖아. 11시에 교문 앞에 모여서… 그렇지?"

앞뒤가 맞지 않아서 짜증이 난 우즈이가 렌고쿠에게 동의를 구했다. 그러나, 친구는 의아하다는 얼굴로 "무슨 소리를 하는

거지? 우즈이."라고 말했다.

"토미오카라면 오늘 밤에는 선약이 있다고 네 제안을 거절했잖아. 어제 회식 자리에서."

"뭐?"

"설마 학생들과 한 약속일 줄은 몰랐지만. 토미오카도, 그런 일이 있으면 미리 말해 주지 그랬어. 우리 사이에 섭섭하다."

"…미안해."

토미오카가 조용히 사과했다.

"어젯밤에는 연어 무조림을 먹느라 정신이 없었어."

이 담담한 말투. 압도적으로 적은 말수. 무슨 생각을 하는지 알 수 없는 눈매. 그리고 연극용 가면 같은 무표정함.

어딜 봐도 토미오카 본인이 맞았다.

'그럼, 그건… 지금까지 함께 교내를 순찰한 그 녀석은 대체 뭐였지?'

"우즈이, 너 오늘따라 이상해. 혼잣말도 많고, 갑자기 그 자리에 없는 토미오카가 이상하다고 우기고 말이야."

'혼잣말? 그 자리에 없는?'

"안색도 좋지 않은 것이, 감기라도 걸린 게 아닌가? 안 그래, 토미오카?"

"확실히 안색이 좋지 않군."

'그러고 보니 이 녀석….'

순찰하는 동안 렌고쿠는 단 한 번도 먼저 토미오카에게 말을 걸지 않았다. 이름조차 부른 적이 없었다.

카나에가 말하기를, 이 동료의 눈에 인간이 아닌 것은 보이지 않는다.

목소리도 들리지 않는다.

즉….

"우즈이 선생님…."

카나에가 미안하다는 얼굴로 그의 이름을 불렀다.

"해는 끼치지 않고 단순히 남의 흉내를 내는 유령인 것 같아서 한동안 지켜만 봤습니다만…. 연인이 있는 남성을 몹시 증오했나 봐요. 지인의 모습으로 변해서 들러붙어서 저주해 죽이는 악령이었어요. 정말 죄송합니다."

하지만 방금 전에 말끔히 퇴치했다고 꽃처럼 웃으며 말을 이었다.

문득 거울에 비친 자신의 얼굴을 본 우즈이는 말문이 턱 막혔다. 볼은 홀쭉하고 눈 밑에는 다크서클, 낯빛은 회색이었다.

아찔한 현기증을 일으키면서 우즈이는 의식을 잃었다.

그 후, 우즈이 텐겐은 꼬박 이틀간 앓아누웠다고 한다.

세 명의 연인에게 헌신적인 간호를 받아 회복했지만, 학생들과 동료들은 돌도 씹어 먹을 사람이 병에 걸렸다고 놀라워했고, 렌고쿠와 토미오카는 "역시 어딘가 이상했다."라고 걱정했으며, 카나에는 그런 그에게 부적을 선물했다.

한편, 유일하게 심야의 불법침입 건으로 반성문을 쓰게 된 젠이츠는 그래도 밸런타인데이에 초콜릿을 받고 싶다는 욕망을 버리지 못해 한 달 후에 탄지로를 끌어들여서 터무니없는 일을 벌이지만, 굳이 지금 다루지는 않겠다.

참고로 생물실 칠판은 지금도 암염이 꽂힌 상태로 사용되고 있으며, 학교의 새로운 파워 스폿이 됐다나 뭐라나.

어쨌든 귀멸 학원은 오늘도 그런대로 평화롭다.

「귀멸의 칼날 바람의 이정표」 마침

후기 — 고토게 코요하루

수고가 많으십니다, 고토게입니다.

소설 제3권을 집필해 주었어요!

야지마 선생님, 감사합니다.

이번 권에도 역시 삽화에 오류가 있었는데요,

편집 마을의 닌자 여러분이 사소한 실수 없애기 주술을 써서

막아 주었어요.

어린이들도 귀멸 소설을 많이 읽고 있다고 해서 무척 기뻐요.

글자가 빼곡하면 읽기 싫어질지도 모르지만,

단어를 많이 알면 자신의 생각과 감정을 다른 사람에게

전달할 때 매우 편리하답니다.

글자와 말은 무한히 펼쳐지는 굉장한 세계예요.

영양이 한쪽에만 치우치지 않도록

만화도 소설도 균형 있게 읽어 주세요.

후기 야지마 아야

때마침 이 후기를 적는 도중에

『귀멸의 칼날』이 점프 본지에서 최종화를 맞이했습니다.

고토게 선생님, 정말로 고생 많으셨습니다…!

매주, 매주, 어린아이처럼 푹 빠져서 읽었던 205화였어요.

그런 대인기 작품을 연재하시는 와중에도,

일반인은 상상할 수 없을 만큼

바쁜 일정을 쪼개 소설판의 감수를 맡아 주셔서 감사했습니다.

매번 가슴이 찡해지도록 사랑스러운 표지와

때로는 폭소하고, 때로는 눈물지으며,

때로는 넋을 잃고 바라보게 되는 삽화들을 그려 주셔서

기쁘고 감사한 마음을 주체할 수 없었어요.

선생님이 그리시는 일러스트, 이야기, 캐릭터, 대사,

작품에서 풍기는 감성을 진심으로 좋아합니다.

담당자 나카모토 님, 이번에도 큰 신세를 졌습니다.

툭하면 약한 소리를 하고 쓸데없는 걱정에 전전긍긍해서 죄송합니다.

그런 저를 버리지 않고 언제나 끈기 있게 다독여 주셔서

감사한 마음뿐이에요.

그리고 제가 남몰래 마음의 고향으로 여기고 있는

j-BOOKS 편집부 여러분,

세부 내용의 확인 작업을 맡아 주신 주간 소년 점프 편집부의

아사이 님, 교정을 담당해 주신

주식회사 NAHT의 시오타니 님과 사토 님,

이 책의 제작 및 출판에 관여해 주신 많은 분들,

다방면에서 도움을 주신 수많은 분들,

그리고 책을 구입해 주신 여러분

한 분, 한 분께 진심 어린 감사를 전합니다.

귀멸의 칼날
―바람의 이정표―

―――――――

2022년 4월 10일 초판 발행

저자 야지마 아야 | **원작·일러스트** 고토게 코요하루 | **옮긴이** 김시내
발행인 정동훈 | **편집인** 여영아
편집 팀장 황정아 | **편집** 노혜림
발행처 (주)학산문화사 | 서울특별시 동작구 상도로 282 학산빌딩
편집부 02.828.8838(전화), 02.816.6471(팩스) | **영업부** 02.828.8986(전화), 02.828.8890(팩스)
홈페이지 www.haksanpub.co.kr | **등록** 1995년 7월 1일 | **등록번호** 제3-632호

―――――――

―――――――

ISBN 979-11-348-5283-2 04830
ISBN 979-11-348-5068-5 (세트)

값 7,000원

나를 좋아하는 건 너뿐이냐 12

라쿠다 지음 | **브리키** 일러스트

이번에도 틀림없이
많은 일이 일어날 것 같은데.
그렇지, 히마와리…?

수학여행으로 홋카이도의 삿포로 시를 방문한다. 하지만 거기에는 어째서인지 있을 리 없는 바보 같은 후배와 바보 같은 선배가! 뭐, 여기까지는 어떤 의미로 예상 가능했지만…. "자, 문제입니다. 나는 대체 누구일까요?" "어? 아니, 저기… 누구?" "당신을 좋아하는 여자입니다." 마치 그림에서 튀어나온 듯한 미녀가 지금 내게 사랑의 말을 속삭이는 동시에 뺨에 부드러운 감촉을 전했다…. 어? 뭐야. 완전 예상 밖의 이 상황?

(주)학산문화사 발행

늑대와 향신료 22

하세쿠라 이스나 지음 | 아야쿠라 쥬우 일러스트

호로와 로렌스의
언제까지나 행복한 후일담!

온천여관을 세림 일행에게 맡기고 또다시 여행길에 나선 전직 행상인 로렌스와 현랑 호로. 여행 도중, 소액 화폐를 환전하기 위해 들른 바런 주교령에서 그리운 인물 엘사와 재회한다. 사제가 된 엘사는 교회 재산 관리를 위해 바런 주교령에 임시 부임 중이었다. 환전을 해 주는 대신에, 한 번 들어가면 살아서 돌아오지 못한다는 저주받은 산을 조사해 달라고 로렌스에게 부탁한다. 하지만 그 산에는 '연금술사와 타락천사'의 비밀이 숨어 있었는데…?! 빚더미 지옥에 빠진 도시를 로렌스가 상인의 기지로 구해 내는 경제 판타지 재미가 쏠쏠한 중편과 함께, 신작 중편 호로와 로렌스의 딸 뮤리와 성직자가 되고 싶은 청년 콜의 결혼식(?!) 이야기까지 수록. 여전히 행복이 쭉쭉 이어지는 후일담, 제5탄!

(주)학산문화사 발행

라스트 엠브리오 7

타츠노코 타로 지음 | **모모코** 일러스트

타츠노코 타로가 선사하는
대인기 시리즈, 제7권!
아틀란티스 대륙 편, 완결!

모형정원 두 자릿수. 그리스 최강의 마왕 티포에우스와의 싸움을 마친 '문제아들'. 힘겹게 일시적으로 격퇴했지만, 아틀란티스 대륙의 이변은 수그러들지 않는다…. 거인족이 넘쳐나고 대륙 전체가 혼란에 빠진 가운데, 제2차 태양주권 전쟁 제회전은 끝을 맞으려 하고 있었다. 음모를 꾸미는 '우로보로스'의 게임 메이커, 분전하는 문제아들, '왕의 자세'에 대해 고민하는 아스테리오스. 격동 속에서 수많은 생각이 교차하고, 드디어 '대부신 선언'의 진실이 밝혀질 때, 영웅영걸, 그리고 문제아들은 다시 한번 마왕 티포에우스와의 결전에 임한다!!

(주)학산문화사 발행

밀리언 크라운 4

타츠노코 타로 지음 | 코게차 일러스트

타츠노코 타로가 선사하는 새 시리즈, 제4막.
인류의 힘을 똑똑히 보아라!!

드디어 움직이기 시작한 왕관종 오오야마츠미노카미. 미요의 배신으로 쓰러진 카즈마는 아랑곳하지 않고, 큐슈는 사지(死地)로 변했다. 중화대륙연방, 샴발라, 그리고 극동도시국가연합은 공동 전선을 펼쳐 오오야마츠미노카미에게 계속해서 저항한다. 그리고 망설임 끝에 다시 일어선 카즈마는 미요가 숨긴 진실을 파헤쳐 하나의 결론에 다다른다. 카즈마의 각오, 미요의 결단, 재버워크의 변신. 사지로 변한 큐슈에서 여러 마음이 교차할 때, 인류최강전력인 밀리언 크라운과 왕관종이 격돌한다!

(주)학산문화사 발행